金秋抒情

王向东 著

黄河出版传媒集团
阳光出版社

图书在版编目（CIP）数据

金秋抒怀 / 王向东著. -- 银川：阳光出版社，
2024.8. -- ISBN 978-7-5525-7496-8

Ⅰ. Ⅰ217.2

中国国家版本馆CIP数据核字第20248AQ846号

金秋抒怀

王向东　著

责任编辑　李媛媛
封面设计　闫慧飞
责任印制　岳建宁

黄河出版传媒集团
阳　光　出　版　社　出版发行

出 版 人　薛文斌
地　　址　宁夏银川市北京东路139号出版大厦（750001）
网　　址　http：//www.ygchbs.com
网上书店　http：//shop129132959.taobao.com
电子信箱　yangguangchubanshe@163.com
邮购电话　0951-5047283
经　　销　全国新华书店
印刷装订　三河市中晟雅豪印务有限公司
印刷委托书号　（宁）0030332

开　　本　710 mm×1000 mm　1/16
印　　张　13
字　　数　165千字
版　　次　2024年8月第1版
印　　次　2024年8月第1次印刷
书　　号　ISBN 978-7-5525-7496-8
定　　价　69.80元

芳媛起圃秋容淡
且宴黄花晚节香

癸卯之秋书宋韩琦诗句以贺
王向东先生佳作为贺 蔡伟

自　序

　　我出生在农村，青年时期曾务农并参加了三线建设工作，后来一直从政，至如今古稀之年，见证和经历了共和国的许多伟大时刻。我深切的挚爱自己生活的这片土地与人民，多年以来，这一直是激励我为之奉献的动力。

　　盛世兴文，理当为时代放歌。过去一直辗转忙碌于政务工作，对文学创作鲜有涉及。退居二线以后，时间相对宽裕，尤其是经上一届县诗词学会的老同志极力推荐，中共平利县委宣传部和县文联提名，经会员大会选举，由我担任了县诗词学会负责人。在此期间，我对几类文学体裁进行了探索创作，还对地域饮食文化进行了挖掘和整理，形成了一些文字。原创作计划中的农耕文化、山川风物、人文历史的研究等，因为身体原因，未能完成，只能成为遗憾。躬耕在笔笺之间，遐思于千里之外，尽情地挥洒笔墨，使人精神愉悦。成文的这些作品，是我自身情感的抒发，是对生活的感悟，是对社会现象的思考，是对优秀传统文化的继承和正能量的传播，我以为，这更是薪火相传的使命担当。其中有些作品在各级各类媒体发表过，有的在各级组织的大赛中获奖，有的被收录到全国组织编印的大型文集中，如《中华诗词文库·陕西卷》《中国古今楹联选集》《中华酒对联大全》《中国梦之路全国文学创作精品集》《祖国好华语文学艺术典藏》等。原本打算把这些文字作为地方文史资料保存，后经众位知交的鼓励，再三敦促我整理成集正式出版，在一定范围内赠阅交流，于是就有了现在的这本书，取名为《金秋抒怀》。

拙作在编印出版过程中，得到相关领导、县文联和友人的大力支持，在此一并衷心致谢。由于本人水平有限，作品中如有不妥之处，还望大家指正并不吝赐教。

新诗咏情

流金岁月

别样的生日"庆典"

　　时光流逝，人生如梦。转眼花甲已过，直奔古稀了。回想这一生，坎坎坷坷，很是不易。经历了少年失去父母，青年求学之梦破灭，老年妻子久病无药可治离我而去的痛苦和遗憾。巨大的精神创伤，使我曾一度十分悲观，几乎失去了生活的信心。虽然随着时间的推移，对"生老病死"的人生法则渐渐悟通了，看透了，才慢慢走向解脱，得以重振生活的勇气。但不能不说这是今生最大的无奈。

　　然而，也有许多亲朋好友劝慰鼓励我说：你一步步走到今天，虽然很不容易，但也有过幸福快乐，有过辉煌潇洒，有过成绩奉献。而且现在儿孙满堂，"人生哪有多如意，万事只求半称心。"应该"知足常乐"。也许人生就是这样，人人都在追求完美，但未必都能得到。作为一个从农村出来的人，靠自己的打拼，能混到现在，的确问心无愧，应该心满意足了。也许完美的人生原本就不属于我。

　　也不知从什么时候起，好像是在五十多岁的时候，可能是由于我们这辈人中已有几个先离世了。住在身边的侄儿侄女，还有一些亲朋好友，开始给我过生日，有时躲都躲不过。每年生日之前，他们不约而至，来的都是客，不便拒绝。也就顺其自然，借机把平时只顾忙工作、忙家庭的这些人，全都聚在一起。大人们互致问候，相互交流，切磋技艺；孩子们嬉戏玩耍，热闹非凡。体现了大家庭的亲情和温馨。一晃十多年过去了，几乎年年如此。想来，这也不失为人生乐事。但使我没有想到的是六十五岁生日，竟有一个别样的"庆典"。

这年三月，我在《中国楹联报》上看到一则征稿启事。由中国肖军研究会、北京市写作学会、世纪百家国际文化发展中心举办的"东方美"全国诗联书画大赛，面向全国和海内外征稿。我抱着试一试的心态，写了一篇题为《东方神草，人类福音——陕西平利绞股蓝》的散文，发到征稿的电子邮箱。一个多月过去了，我早已把这事忘了。五一休假前一天晚上，我收到了一个大信封邮件，打开一看，给了我意外的惊喜——文章获奖了，而且是金奖。邀请我 5 月 24—26 日出席在北京钓鱼台国宾馆举行的颁奖仪式！拿着通知我仍然不太相信，仔细看了几遍，又打电话询问了组委会，这才确信无疑。当我把这一消息告诉文联领导的时候，他也为我高兴，并亲自为我策划赴京领奖的行程。相关领导得知这一信息，也非常重视，给予了很大的支持。

5 月 21 日，我与同行的董老师启程前往北京。五月的北京，艳阳高照，晴空万里，大街上车流飞驰，人来人往，一片热闹繁荣的景象。5 月 23 日开始报到，来自全国各地包括港澳地区的 150 多名获奖艺术家相聚在京燕宾馆。晚饭后，我先后接到几个侄儿在我家门口打来的电话，问我是否在家，怎么不开门。我说在北京，他们似乎还不相信。这时我才突然记起，第二天是我的生日，他们是来祝寿的。我心里在想，也许是机缘巧合，24 日正是大会颁奖的日子，届时我和获奖的艺术家们将在钓鱼台国宾馆 18 号楼"同歌东方美，共筑中国梦"，领取大会颁发的奖牌和证书。天公作美，23 日晚北京下了一场不大不小的及时雨，天气顿时凉爽起来，空气清新。24 日凌晨，我们乘坐大会统一安排的车辆，来到钓鱼台国宾馆这个神秘而向往的地方。国宾馆周围高高的围墙，武警门卫戒备森严。据介绍，钓鱼台昔日为帝王游息的行宫，迄今已有800多年历史。金代章宗皇帝曾在这里垂钓，故后有"皇帝的钓鱼台"之称。元代初年，宰相廉希宪，在此修建别墅"万柳堂"，成为盛极一时的游览胜地。明代永乐之后，这里是达官贵戚的别墅，许多文人学士游宴赋诗于此。清代乾隆皇帝爱其风光旖旎，定为行宫，营建了养源斋、清露堂、潇碧轩、澄漪亭、望海楼，并亲笔题诗立匾。1958年，为隆重庆祝中华人民共和国成立10周年，并接待应邀来华参加国庆的一些国家元首和政府首脑，国家决定选在钓鱼台风景区为址，营造国宾馆。并以其地为名，定名为钓鱼台国宾馆。建17栋接待楼。为尊重外国习惯，在楼号的编排上，特别地略去1号和13号。1959年国庆10周年庆典前夕，这里迎来首批国宾。建馆以来，已接待过来华访问的国家元首、政府首脑1300多人次。其中18号楼是钓鱼台国宾馆的总统楼，主要接待来华访问的各国总统，至今已接待各国总统700多位。住宿费是5万美金1天。钓鱼台国宾馆总面积为42万平方米，总建筑面积16.5万平方米，其中湖水面积5万平方米。

获奖艺术家来到18号楼前，受到工作人员的列队欢迎。他们热情大方，态度严谨。礼仪小姐微笑着站在那里，个个端庄典雅，高挑标致，亭亭玉立，美若天仙。东方大国美女的气质风度在她们身上体现得淋漓尽致。那些各国评选出来的"世界小姐"，在她们面前都会相形见绌。

我们在现场经过简单的排练，迎来了为大会颁奖的领导和专家。他们分别是：原中共中央委员、北京军区原司令员、解放军上将李来柱，国家文化部原副部长、中国文联原党组副书记、副主席高运甲，全国政协民族与宗教委员会副主任、国家民委原副主任李晋友，全国政协委员、江西省原副省长、中国金融美术家协会名誉主席孙希岳，中国散文学会名誉会长、人民日报文艺部原主任王石英，中国肖军研究会常务副会长、中国老子研究会会长、肖军先生之子肖鸣，中国艺术报社总编辑、著名文艺评论家李树声，中国诗歌学会副会长、线装书局出版社总编辑曾凡华，中国肖军研究会副秘书长、组委会主任周强等。他们与代表们共同合影留念。在欢快的乐曲中，获奖艺术家满怀喜悦上台领奖。我走上领奖台，接受了文化部原副部长、中国文联原党组副书记、副主席高运甲老先生为我颁发的奖牌和证书。他握住我的手，一面祝贺我，一边问我是哪里人。我答是陕西人时，他说"陕西是个好地方。希望你写出更多好作品来。"我说："一定努力。"当时的心情很难用激动、紧张、喜悦等词汇形容。我观察其他艺术家好像也和我一样，有的甚至连步伐也走不整齐了！会上，我们还听取了领导和专家的重要讲话，他们充分肯定了"东方美"大赛的深远影响和现实意义，对获奖艺术家提出了殷切的期望。获奖代表也上台发言，感谢主办单位为海内外艺术家提供了展示才华的广阔天地，抒发情怀的壮丽舞台。感受到通过会议的交流学习，必将有益于创作水平的不断提高。

颁奖大会结束后，获奖代表纷纷请有关领导和专家签字、合影留念。我也荣幸地请到高运甲、孙希岳和李树声三位给我签了字。不少文友还在相互合影留念，有的甚至在沥沥细雨中在18号楼周围的树木、花草中游览、拍照。

下午我们听取了当代文艺名家李树声老师的学术报告。她那宽广的文化视野，高层次的专业水平，丰富的创作和评判经验，既生动感人，又浅显易懂。听后真有一种"听君一席话，胜读十年书"的感觉。休息时，我情不自禁地走到她身边，以一个小学生的身份，诚恳地邀请她和我合影留念。晚饭的时候，董老师热情地要买酒为我祝贺，祝贺我获得大奖，祝贺我一生中别样的也许是唯一的生日"庆典"！我婉言拒绝了。"酒不醉人人自醉！"这样的生日庆典也许无须用酒来助兴。

晚上，组委会又组织了书画创作交流笔会。艺术家们兴致高昂地现场挥毫泼墨，吟诗作画，展出自己的作品，展示各自的才华。各路高人，各显高招，让人耳目一新，受益匪浅。也就是在这个笔会上，我结识了兰州安康籍书画家罗永久先生和四川达州书画家张启雄先生，并且成为文友。他们在送给我墨宝中展现的深厚的书画功底和高超技艺，使我大开眼界。

这一天，各项活动结束了。这一天是我的生日，我站在了"东方美"全国诗联书画大赛"这一日臻精专、日臻辉煌、日臻广阔的平台上"，领取了平生第一个"金奖"。钓鱼台国宾馆这个高规格的主会场，彰显了"东方美"国家级品牌文化活动的权威性、严肃性及影响力。学术报告和交流笔会，使活动更加丰富多彩。这一天我度过了一个热闹、隆重、高尚、典雅，最具特别意义的生日。爱好文学使我享受到人生中最高规格的待遇，品尝到了前所未有的愉悦！

2014 年 5 月 24 日，将永远铭刻在我的心中。

享受当今的便捷　不忘昔日之艰辛

——平利县交通运输事业发展的亲身感受

　　光阴荏苒、时光飞逝，弹指间我已退休几年了。和新中国同龄的我，踏着共和国嘹亮而优美的进行曲的旋律一路走来。几十年亲身经历、目睹了平利经济、社会等各方面的巨大变化；亲身感受到今天的幸福生活，心中无比喜悦和自豪。使我更加热爱我们伟大的祖国，更加热爱可爱的家乡。2014年我因写了一篇关于平利绞股蓝的散文在北京钓鱼台国宾馆领奖时，曾满怀深情地向来自全国各地的诗朋文友们介绍：我来自陕西省平利县，那里是女娲故里，名茶之乡，中国最美乡村。热诚欢迎朋友们到我的家乡旅游观光！

　　我是土生土长的平利人，由于出生在八仙这个就平利而言比较特殊的地域环境中，对于平利交通、物流的发展变化感受更深切。八仙被人们称为平利的"西藏"。新中国成立前祖祖辈辈生长在这里的人们历来是靠翻山越岭走路进出，靠肩挑背驮运送物资。我小时候跟随父亲上学，要到几十里以外的张家乡冯家坪小学去。在通过遥远的崎岖山路时，来回都要请人接送。第一次到平利是当选为赴京学生代表，那时已初中毕业，从八仙中学和同学们一块儿出发，步行翻越韩河梁，要走四五个小时。所幸公路已通到白果坪，在这里有专门的卡车把我们接到县城。那次也是生平第一次乘车，呕吐不止，十分难受，恨不得跳下车来步行还舒服些。后来公路多了，乘车也多了，再也没有晕车的感觉了。

新中国成立初整个平利县只有一条汉白公路通往外界，县境内只有80多公里长，八仙地区更不知道公路是啥样子。没有公路之前，人的两条腿是唯一的交通运输"工具"。但长途跋涉，负重行进的滋味却是很不好受的。记得有一次我从县城回八仙，由于错过了唯一一趟到白果坪的班车，只好从纸房沟到娃娃树翻秤沟湾，顺沙家河、冲河逆流而上到桃园、中坝，经广佛到白果坪，再翻山到八仙。这条路我第一次走，边走边问，着急费时。走到沙家河口，已是饥肠辘辘，四身无力。只好在河旁的一家土墙苞谷秆盖的农家，借灶打拌汤充饥（我身上带了一些面粉）。当我煮熟吃到第二碗的时候，发现锅底有不少地虱婆小虫。我抬头一看，灶上面的猫儿梁上一串串此物正在列队来回游动，不时掉进锅里或地上。而当时急着做饭却没发现，此时吃下去的饭顿时涌上喉头。我急忙跑到河边，翻肠倒肚地把吃下去的东西全吐出来，并倒贴了不少胃液。饭是不能吃了，谢过主人，空腹拖着疲乏的身躯沿河岸小路缓慢地向桃园走去。沿途靠喝山泉水充饿解渴。在桃园用面粉换了几个馍馍，一阵狼吞虎咽之后，才又来了力气。待我一路爬上韩河梁时，天已擦黑。一个人走夜路心里害怕，加快了脚步，小跑式地赶回家已是晚上八九点了。匆匆喂饱了肚子，倒头一觉睡到第二天太阳出山。待我起床时，浑身发疼，两条腿根本不听使唤。双手撑着床沿才爬了起来。走路只能扶着墙壁，一步一声"哎哟"地前行。一直痛了一个星期才恢复正常。

空手走路尚且如此，运货负重翻山那就更艰难了。尤其是冬季冰天雪地时，更是难堪！三五成群的运输队伍，每个人背上驮着几十斤、百多斤，甚至几百斤的重物，脚上穿着满耳草鞋套脚码子（一种铁制的防滑工具）。一步一个脚码子印慢慢地前进。到了下午时，背上的东西似乎越来越重，走的也越来越艰难缓慢。身体差、力气小的人几乎是在挣扎。但又必须格外小心，假若一不留神，脚下打滑，就会连人带货滚下山去。我清楚地记得有一次，回头货我背的面包。在凉水井歇气时稍没注意，装货的扁桶从背笼里翻下沟去，面包在雪地里滚撒了一坡。家兄急忙赶来，帮助把面包一个个找拢装好，并反复叮嘱要倍加小心。吃了一次亏，加之肚子饿的贴在脊梁筋上，我越发走得慢了。渐渐落在后面，我心里想着：又累又饿，背上却背的是美食面包，只是为了挣点钱攒着上学！于是也顾不了许多，把扁桶打开吃了三个。到了狮坪供销社怎么也数不够数，我也不敢吱声，只好赔钱了事。这趟背力运货我的运费少了，这在当时那是很不光彩的。但回想起来我的选择是明智的。事过多年我告诉家兄，他只是淡淡地一笑说"我知道"。这是自八仙有人类活动以来，就靠人工运输进出货物交流的历史。这种状况一直持续到1972年，白狮公路打通才基本结束。全县其他地区，虽然自然地理条件比八仙好，但交通运输也大体相似。

　　在有了公路，但等级很差的年代里，我也曾感受过乘车的尴尬。那时是天晴扬灰路，下雨泥水路。晴天坐几个小时的车，浑身是灰，鼻涕都是黑的。冬天冰雪阻隔，山路无法正常通行。1986年底我被抽调参加八仙区松鸦乡整党。一次县上会议结束后，因为任务紧急，我不得不冒着风雪乘坐一辆130货运便车往八仙赶。当车行至冯家梁山下8公里时，"门板凛"的路货车实在爬不上去，没办法我们只能下车。这时已是晚上8点多，同行的"路友们"一合计，返回白果坪还有一段路，而且第二天不一定能找到车，干脆，结伴同行，连夜翻雪山去八仙。于是近十个人从8公里抄近路走雪地里上山。我穿了一双没有齿的光底翻毛皮鞋（这在当时还是好东西）。上山时前进一步后滑半步，其余同行者也都差不多，我们互相搀扶拉扯着往上爬。天黑了凭借雪光，一身汗一身雪，好不容易爬上了垭子，已是半夜了。所幸上了公路，走路不再往后滑了，只要注意不往前滑或滚下坡去就行了。为了缓解疲劳，分散注意力不打瞌睡，有人提出每人讲一个笑话或故事，不会讲的吼几句唱首歌也行。这样依次排队，说说笑笑时间也打发得快。半夜三点多，赶到区上，叫醒了税务所的大门，李会计把我和另外一名同行者安排到客房休息。第二天才骑自行车赶到松鸦开会，没有耽误时间。七八十年代，到大贵、广佛、老县等地下乡，多是骑自行车往返。

古今映照，回忆往事，今非昔比。看到平利交通运输事业发生的翻天覆地的变化，使人感慨万千。由于党的惠民政策，经过全县人民六十多年的艰苦奋斗，到 2014 年，全县已形成"四横四纵"，遍及城乡的公路网络。有各级公路 443 条，总长 1797 公里。其中省道 2 条长 137 公里；县道 6 条长 245.4 公里；乡道 24 条长 289.8 公里；村道 410 条长 1262 公里；连户路 1200 公里；高速路 1 条长 61 公里。并且全部实现油路化和水泥化。彻底改变了人们出行难、运输难的问题。尤其是八仙人民盼望已久的冯家梁隧道的破土动工，将彻底解决高山冬季冰冻、夏季暴雨阻隔和行车之险的问题，使这里的交通运输事业进入一个前所未有的时期。

随着公路网络的形成发展，全县的运输服务业也蓬勃兴起。截至 2012 年底，全县拥有客运车 147 辆，出租车 45 辆，货运车 1156 辆。至 2014 年底，小轿车 2152 辆。县出租车公司开通了 4 条公交线路，投入 16 辆公交车。全县兴办客运公司 3 家，50 条客运班线，公路客运量达 241.6 万人次；货运公司 8 家，货运量达 144 万吨。运货周转量达 11318 万吨 / 公里。而且新生的电子物流也方兴未艾，给人们带来了前所未有的便捷。

　　交通运输事业的发展，打破了制约山区经济社会事业发展的"瓶颈"，加快了山区人民脱贫致富的步伐，平利经济日渐繁荣，人们阔步向小康迈进。人们的代步工具已逐步以机动车辆为主，全县摩托车、电动车居全市各县区之首，而且已有私驾轿车2000多辆。再也不会为出行、运输难而犯愁。现在如果对孩子们讲起昔日行路难、运输难的问题，他们像听"天方夜谭"。会天真地问："咋不坐班车？咋不找货车运输？"现代生活中人们的两条腿，也不再是主要的"交通"运输工具。人们已习惯无车不出行，有车不走路。已不再有工作人员下乡走路、骑自行车的情况。往日的艰辛已经一去不复返了，但那段历史不能忘记，那种不畏艰险战天斗地的精神应该传承。

《平利文学》（诗词专刊）刊首寄语

　　9月是丹桂飘香，硕果累累，秋色宜人的季节。《平利文学》喜获丰收。《诗词专刊》即将出版。受县委分管领导所嘱，在刊首写几句话。虽感难当此任，但推谢不允，只好从命。谈点个人感受，与读者交流互勉。

　　平利是个充满灵气，充满诗意的地方。这里山川秀美，文化浓郁，人才辈出，艺苑花繁。正是在这块诗的沃土上，平利县诗词学会应运而生。成为全市九县区率先成立的文学团体之一，已历经十一个春秋。先后出版了8本诗词。此时正值新中国成立六十周年。这一集就成为诗词学会和广大诗词爱好者向国庆大典献上的一份礼物！

　　过去的十一年中，平利诗词学会每前进一步，每取得一点成绩，都离不开县委、县政府的高度重视和社会各界的关爱支持。几届县委书记、县长，都亲自为《诗词集》作序题词。每逢困难的时候，相关领导和部门总是有求必应，给予精神鼓励和物质帮助。尤其是县委宣传部和文联，更是倾注了大量的心血。保证了诗词集的面世。借此机会，我代表诗词学会全体成员和广大诗词爱好者，向所有关心支持平利诗词事业发展的领导和社会各界，表示衷心感谢！

　　这次出版的《平利文学》（诗词专集）在过去的基础上有了新的进步。有了《平利文学》这块园地，编排印刷更加精美。诗词数量有所增加，增添了新诗的内容。质量不断提高，写作队伍不断壮大，诗词作者老、中、青群贤毕至。特别是一批中小学生加入诗词创作行列，使我们看到了未来平利诗词发展的美好前景！诗词主题鲜明，题材广泛，体裁多样，不拘一格，地方特色明显，乡土气息浓郁。总览全书，呈现在读者面前的犹如一幅波澜壮阔的盛世图，一支铿锵有力的进行曲，一帧景色秀丽的风景画，又像一曲优美动听的民间小调。学会会员和诗词爱好者，尤其是一批离退休老同志，他们退而不休。以不同的方式，关心国家大事，关注平利的改革和发展，深入到如火如荼的经济建设和社会发展的实践之中，融入群众，感悟生活，挖掘素材，思考探究，升华提炼，积极创作，写出诗词数百篇。本集选刊的诗词高扬主旋律，体现多样性。作者们放歌盛世，纵情山水，赞美家乡，缅怀先烈，抒发性灵，回首岁月，畅想未来，颂扬正气，鞭挞邪恶，反映时代风云，抒写时代心声。有的雄风大气，慷慨激昂；有的小桥流水，露蕙春兰；有的思诗交融富有哲理；有的生动活泼，充满情趣。饱含着对祖国、对人民、对家乡的热爱，展露出高雅情趣和高尚情操。集子中尽管还有个别习作格律韵脚不够工整，语言文字不够精美含畜。但精雕细刻的佳作不乏其中，读来使人赏心悦目。

　　近几年平利经济社会快速发展。文化事业也跨上了一个新的台阶。平利诗词理应跟上时代的步伐，不断继承创新繁荣发展，以更好地为经济社会服务。诗艺无止境。第八集诗词的出版只是一个新的起点。我们坚信诗词学会会员和广大诗词爱好者，一定会深深植根平利这块文化热土，汲取营养，激发灵感，传承历史，开拓创新，砥砺生活，沉淀思维，勤奋耕耘，再创佳绩。用更多更好的作品，为平利的文化事业增光添彩，为改革发展再做贡献。

让美丽乡村更具魅力

——平利县《文化活动月述评》

　　从启动到演出结束,历时三个多月的平利县群众文化艺术活动月,在一片赞扬声中落下帷幕。这场活动组织有方,准备充分,参与广泛,演出成功,滨彩纷呈,不同凡响。充分彰显了中国最美乡村的文化魅力,使美丽乡村更美。

　　平利是个山清水秀、人杰地灵的地方。文化底蕴深厚。平利人民历来重视文化、热爱文化,在社会生产实践中不断创造文化。随着经济和社会的发展,为文化事业的繁荣奠定了坚实的基础。使平利的文化事业得以实现新的跨越,步入了历史上最繁荣的时期。各种文学艺术团体的组建,群众文化活动的广泛开展,队伍的不断壮大,作品进入高产期……尤其是本次活动月,可以说是对近几年平利文化艺术队伍、作品、演出形式的一次大展示、大检阅。尽管小说、散文在活动中未能展示出来。但这并不影响这次活动产生的效果。

　　纵观平利新中国成立以来文化事业的发展,无论是历史上的红旗剧团,还是20世纪60—70年代的宣传队,90年代的社教文艺宣传队,以及各个时期重大节庆,传统节日的群众文化活动。在不同的年代,不同的地方，都产生过一定的影响，发挥过应有的作用。但由于各种原因，都无法和这次活动月相比。

笔者认为这次活动有以下几个特点：

一是集中演出的时间之长，内容之丰富是空前的。这次演出时间长达半个月，演出八场；书画摄影展 20 天。过去的演出也曾有过历时几个月，甚至半年的。比如"扁担剧团"，常年下乡、进村、入户演出，还有社教文艺宣传队到各区乡演出，多年的春节群众文化活动等，都是分散演出，而且基本上是一台剧目一种形式到不同的地方反复演出，内容不够丰富。

二是参与的单位、演职人员、观看人次之多是空前的。据初步统计，本次活动参与的单位达 50 多个、演职人员 200 多人 / 次。而且每场演出都有数百名群众自发到台下观看，不时地为演员的精彩表演鼓掌喝彩。累计观看演出人达数千人之多。

三是演出的剧目中大多数都是原创剧目。

四是演出的质量较高，贴近当地实际、贴近生活。形式多样、丰富多彩、群众喜闻乐见。

正因为有以上特点，因而其发挥的作用、产生的效果是良好的。首先是通过文学艺术表演这种生动活泼，具有吸引力，感染力的形式，有效地传播了正能量。展演的节目和作品，内容健康向上，政治性、思想性强，原创节目中，大多为宣传平利产品歌颂美丽乡村的内容，很接地气，起到了自娱自乐寓教于乐的作用。产生了比开会、念文件、作报告、搞演讲更好的效果。其次彰显了美丽乡村的文化魅力。这次活动演出的既有传统剧目也有现代剧目；既有自创剧目又有外创节目。同时，观众还观看到了过去平利没有演出过的瑜伽等精彩表演。比较全面系统地展示了平利的文化底蕴，展现了平利人民的精神风貌。让世人更多、更好、更深地了解平利，认识平利。提升了平利的知名度和影响力，能够吸引更多的客商和游客来平利参与项目开发和观光旅游。

当然，作为一个县的规模较大的群众文化艺术活动，也有一些不足的地方。比如从演出的剧目方面看，缺少思想性强、意境比较高的小戏和小品；从参与的单位和人员方面看，县城占绝大多数，农村、社区、工矿企业和学校参与的少，有的根本没有。这不能不说是一大缺憾；整个活动结束之后，应该进行一次认真总结。总结成功的经验和存在的问题。对比较优秀的节目，组织工作好的单位，表现突出的演员和剧组人员应给予充分肯定。以更好地推动平利文化艺术事业不断向前发展。

新时代　新征程

——浅谈创品质平利

平利立足基本县情和资源禀赋，全县人民在历届县委县政府的带领下，经过多年持续不断地探索实践。艰苦奋斗，美丽乡村建设取得显著成效。先后获得了中国十佳最美乡村，全国休闲农业与乡村旅游示范县、全国绿化先进县、国家现代农业示范区、全省质量兴省先进县、全省县城建设先进县等荣誉称号，龙头村、长安十里茶园被评为中国最美休闲乡村、全国美丽宜居示范村和中国美丽田园等等殊荣。然而在进入新时代，跨上新征程，追赶超越的激烈竞争中，盛名之下平利该何去何从？审视自我、静心沉思，"创品质平利，建美丽乡村"的号角适时提出，创建的战役已经打响。这是一项远见卓识之举，我们应牢记初心，为之不懈奋斗。

进入新时代，新的理念，新的境界，新的追求，新的目标，必须采取强有力的新举措、实现新的更大超越，才能确保勇立潮头而不落伍。细品味，正阳大草原的奔放，天书峡的神奇，桃花溪的惊艳，琵琶岛的水色，龙头村的秀美，茶乡古镇的风光，以及博大宽厚的女娲文化，廖乾五的丰功伟绩和不朽光辉……这些都是我们所独有的。但放到更大层面，乃至全国的范围比较，是不是都是最美的？自我比较是不是已经达到了极致？值得深思。十几年前，笔者同一位女娲文化研究专家切磋，探讨平利的女娲文化。我曾对他说"北有黄帝陵，南有女娲山"，平利的女娲文化值得大力探索、挖掘、打造和推介。他告诉我说："尽管许多史料佐证了平利女娲山就是女娲治所，但就全国而言，它不是唯一。"我说"虽不是唯一，但可以挖掘打造成第一。"他说："那倒是值得重视并有可能的。"但事过多年，女娲山景区的设计和建设速度不能不说仍有很多遗憾。可见创建工作任重道远。

就"创品质平利，建美丽乡村"的具体内容而言，虽然只有四个方面，但涵盖广泛，内容十分丰富。这里只就外来游客的反映，和群众普遍关注的重点，谈谈个人看法，也许是一己之见，挂一漏万。在产品质量方面，我们的特色产品，如女娲茶、绞股蓝、平利腊肉等，特别是绞股蓝产品，必须要始终如一地坚持无公害无污染天然绿色的生产经营标准。杜绝少数不法经营者，为了追求利润过量使用化肥农药，破坏了产品的质量，砸了自己的牌子。旅游产品需要拓宽领域，提升档次，创新和丰富产品品种，让游客购买在别处买不到的喜欢的东西；工程质量方面，一些重大工程仍需加大管理力度，推进工程进度，如期实现目标，树立良好形象；服务质量方面，围绕旅游的"吃、住、行、游、购、娱"各个环节搞好全方位服务。尤其在吃的方面，要打造自身的特色，让游客食而不忘，流连忘返。尽快改变农家乐农味不足，千篇一律，文化含量偏低，趋向城镇化倾向；环境质量方面，守住绿水青山就是金山银山。这是最重要的。其中河道的管护，污水的治理，垃圾的收集处理等等，都是不可忽视的，外地一些城镇和景区的管理经验很多是可以借鉴的。西安市区到处都挂着：烟头不落地，城市更美丽的广告牌，市容市貌比过去大大改观。宣传教育加严管重罚，多管齐下，效果很好。农民和城镇居民的教育非常重要。好的民风民俗会使一个地方更加淳朴可爱，让更多的人们向往。新民风不但要好的党风、政风引领带动，而且传统的优秀民风需要大力弘扬和传承。创建活动是提升全县整体质量水平的抓手，必须常抓不懈。虽然已经初见成效，但群众的知晓率和参与度还不是很高。因此继续加大宣传力度，形成强大的舆论氛围，使更多的人认识这项活动的重大意义，更加自觉地参与。采取得力施，分层落实责任，加强考核奖惩，使创建活动深入持久地开展下去，取得我们共同期待的良好效果。为我们可爱可亲的家乡增添耀眼的色彩，使美丽乡村更加美丽。

那段日子

　　昔日乱石滩，今日农家乐；千亩荒草坡，挂满木瓜果；崎岖山路变坦途，户户住进小洋楼。每当我看到纸房沟村这些巨大变化时，不由得使我想起 30 多年前在农村参加社会主义路线教育整顿基层组织工作的那段日子。一桩桩往事至今仍历历在目。

　　二十世纪七十年代初，我从师范学校毕业，被安排到平利中学任教。正当我收拾行李准备到校报到，接县委组织部的通知，彻底改变了我的人生轨迹，从此离开了至今仍然向往的教书育人的职业，开始了从政的生涯。到组织部报到后，参加了县委召开的农村路线教育整顿基层组织工作培训会。会后，我被分配到一个边远山区公社路线教育工作队，担任队部办公室秘书。那时这个地方刚打通了一条可以走拖拉机的毛毛路。我们的行李用拖拉机装着，人只能沿"七十二道打湿脚"的河边小路艰难地走去公社机关所在地，开始了我经历的第一期路线教育整顿基层组织工作。这里经济落后，信息闭塞，群众生活困难。我们到队上去调研、开会，群众十分热情。总是倾其所有，用最好的饭菜招待我们。

当时的路线教育、整顿基层组织工作，主要任务大体上有以下几项：一是学习宣传无产阶级专政理论和党的路线、方针、政策。二是整顿农村基层组织，查处基层干部中存在的问题。三是组织农民发展生产。教育和整顿以"运动"的形式全面铺开。随着"运动"的深入，我目睹了一些前所未闻的人和事，使我这个在农村长大的人不得不用新的视角、新的思维审视当时的农村、社会和人。在一次会议上，一名社员代表发言说："解放20多年了，边远的地区的农民很少听到中央的声音，还在打听现在是民国多少年了！队上订的《红旗》杂志（《求实》杂志的前身）被干部用于盖坛子，《人民日报》糊窗子，开会只是做样子。"一个工作队员汇报，有个小队长利用小小权力，欺男霸女。更令人震惊的是，经认真核实这个队30多名妇女，竟有16名承认与队长有过男女关系。在处理队长的批判会上，一些青年男女用霍麻草当众霍他的下身，很快就起了一串串的大泡，奇痒难忍，他不停地认错求饶。在工作队员的劝阻下，愤怒的群众才停了下来。我在想，这个队长如此欺男霸女、伤风败俗，当地组织怎么不早处理？群众为什么不早想办法对付他？受害妇女为何不揭露他？会场出现那种情况，提前没料到吗？这些疑问和困惑使我许久得不到答案……

第二年，新一期路线教育整顿基层组织工作开始后，我被派到友好大队（纸坊沟村）工作组任组长，直接在队上开展工作。队部要求我们与社员"三同"，即：同吃、同住、同劳动。白天与社员一起下地干活，晚上开会发动群众、走访群众。有天晚上在八队开会太晚了，我们四个队员挤在一张宽一米左右的床上，中间两个热得出汗，边上的冻得直叫，只能睁眼熬到天亮。当时正值春荒，家家户户吃返销粮。没有退完壳的高粱米糊糊，吃得满口钻，嚼不烂，根本消化不了，还得硬着头皮吞下去，否则有受处分的危险。时间长了，我们好几个都得了胃病。有时饿急了，派个队员偷偷进城买几个炕馍，晚上躲着吃。

我的房东是忠厚善良的黄队长，见我白天晚上忙个不停，人也瘦了。不时用吊罐炖些萝卜和肉，晚上端来一碗让我改善生活。工作中我不想用极左的东西解决问题，就试图采用一些其他的方法，比如，反复调查核实群众反映的党员干部的问题；尽量让事实说话，少搞一些无限上纲；不搞人格侮辱，而是说服教育等。这些深受干部群众的欢迎，但也遭到少数人的非议。说我立场不稳，偏袒坏人，右倾等，甚至告到队部领导那里。庆幸的是队部主要领导内心深处赞同我的做法，既没批评我，也没给我处分，只是谈话让我讲究策略、注意场合、掌握分寸。使我更加坚定了信心，因而当时办的个别党员干部的案子，即使在20世纪80年代落实政策、平反冤假错案时，也得到充分肯定。这年秋天，公社调我到水库工作组负责。临别时看到干部群众依依不舍的样子，我也是百感交集。

时隔30多年，这两个地方已发生了翻天覆地变化。要不是待的时间长，印象深，再到这些地方，恐怕连东南西北也分不清了。每当碰到这些地方的一些老干部、老党员、老朋友，他们总是热情邀我去作客。这时就会勾起我对那段日子的回忆。许多事是值得人回味、琢磨一生的。

家山回眸

八仙文化　八仙精神

　　这里所说的"八仙文化"，是特指陕西省平利县八仙地区的地域文化。它与我国不少地方传说的"八仙过海、各显神通"中的"八仙"，既有某种联系，又有很大区别。八仙地区地理位置独特，是平利县南边的边远高山乡镇，过去曾有"平利的西藏"的比喻。其东有化龙山与镇坪县接壤；南与四川省城口县相连；北过韩河梁、冯家梁与本县广佛镇、洛河镇毗邻；西顺岚河而下与岚皋县一衣带水。境内山川蜿蜒交错，溪流河水纵横，一片青山绿水，自然景观丰富。依山傍水的大小坝子是居民集中居住的区域。考古曾发现这一带出土有秦砖汉瓦，南北朝的墓葬，新石器时代的石器，巴人的摩崖石刻和南夷群蛮葬的"老人洞"。证明秦汉前后这里就有人烟活动。而真正近代的开发，是从明末清初开始的。由于战乱灾害，大量的湖广移民涌入，并扎下根来，这里才得以发展、繁衍。

　　研究八仙文化，不能不对八仙地名进行探索。因为有了八仙这块地方，才有今天的八仙文化。关于八仙地名的由来，也有几种传说。有人说是"八大仙人"曾来此云游过；有人说"八大仙人"曾在此各居一洞，修道炼丹；也有人说八仙是因此地有一条八仙河而得名；笔者认为，从现存的历史遗迹，已发现的自然景观和地名来考证，比较有说服力的应该是"八大仙人"曾在此修道炼丹之说。比如八仙河、神仙台（相传曾是铁拐李、汉钟离下棋的地方），龙洞（相传吕洞宾曾居此洞修道炼丹），韩仙洞（传说韩湘子曾在这里修道，也是八位仙人聚会、交流、对酌畅饮的地方），还有白沙的仙人沟等，都与这一传说吻合。

八仙文化，作为一种独特的地域文化，具有明显的特征。

一是具有独特的地域性。八仙文化是平利文化的重要组成部分。由于八仙地区地理位置的独特性，历史移民来向组成的复杂性，区域生存条件的差异性，形成了与其他地区既相互包容又有明显区别的地域文化。

二是具有历史的传承性。作为一种历史现象的文化，是随着社会物质生产的发展而发展的。社会物质生产发展的历史连续性决定了文化发展的历史连续性。由于多地区移民的杂居，又同时在相同的区域内生存，人们在社会物质生产的过程中，将各地区的文化或多或少地带进八仙地区。各种不同地区的文化相互交融演变，优胜劣汰，大家认同和接受的真善美的东西得以传承，并在社会物质生产的实践中不断扬弃、发展，形成了今天的八仙地域文化。

三是具有鲜明的时代性。文化在不同的历史时期，其表现形式也不同。只有踏上时代步伐的文化，才具有生命力和创造力。当今的八仙文化，体现了与时俱进的精神，是与时代同步的。她用自己的表现形式体现了时代的主旋律。20世纪90年代平利曾把八仙地区的精神概括为"战天斗地的精神"，并列为平利的"三大精神"之一。这从一个侧面反映了八仙人民艰苦奋斗，自强不息的精神面貌。千百年来八仙地区"穷山恶水"的自然环境，给在这里居住的先辈们的生存和发展，带来了诸多不可想象的困难。70 年代之前，这里没有一条通向外界的公路，交通信息极为不便。与外界的物资交流全靠人们翻山越岭地肩挑背驮。即使是冰天雪地的冬天，炎热酷暑的夏天也是日复一日，年复一年。笔者曾亲历过背负 200 斤的重物，草鞋套着铁脚码子，在冰冻陡峭的山路上一步一步艰难前行的情景。那时的状况，那时的心境，如果用文字表述，会显得十分苍白无力！八仙地区平整肥沃的坝子很少，土脊坡陡的山地多。为了提高单位面积产量，增加粮食收入，20 世纪八九十年代，八仙地区在农业科技人员的指导下，开展了一场著名的"白色革命"，使农业生产进入了一个新的时代。为了不断地改善生产条件，多少年来人们会不惜劳力，不惜代价地把陡峭的山坡地修成石坎梯地，把寸草不生的乱石滩修成水平地。县志记载的"珍惜土地的模范，农田建设的先锋"八仙龙门村曾担任村党支部书记的苏坤政就是一个典型。还有优秀共产党员吴祥义，致富不忘报效家乡，不惜投巨资打造胜地，为推动八仙地区旅游事业的发展做出了贡献……这些历史事件和代表人物的品格和精神，都在不同的历史时期，折射出八仙文化的时代内涵和风貌。那种精神会产生不朽的历史作用。

　　关于八仙文化的内容，在探索、研究过程中，平利文化界的同仁们，曾从不同的认识角度，经过提炼，概括，提出过很好的见解。综合起来主要有以下几个方面：

　　一是将其概括为五个方面的文化：天人合一的养生文化；奇山秀水的生态文化；独具特色的饮食文化；淳朴善良的人本文化；刻苦奋进的求实文化。二是将其概括为四种精神：天人合一的自然精神；上善若水的博爱精神；求真务实的进取精神；自强不息的坚韧精神。我认为这些概括都无可非议，因为文化和精神是相互包容的，文化包括精神，精神蕴含在文化之中。文化从广义上讲，是指人类社会历史实践过程中所创造的物质财富和精神财富的总和。同时它又特指精神财富，比如文学艺术、教育、科学等；泛指一般知识，包括语文知识。比如学文化就是学习文字和求取一般知识。历史上它还指中国古代封建王朝所施的文治和教化的总称。曾有"设神理以景俗，敷文化以柔远"之说。三是其他的认为，八仙文化还应包括传统文化，移民文化，农耕文化等。

在广泛深入地研讨的基础上，宣传文化界的权威人士深入思考，博采众议，总结提炼概括八仙文化为：八仙文化是平利文化的重要组成部分，是平利独特的地域文化，吸纳了传统文化的精髓，传承了移民文化的精华，形成了具有时代特征的地域文化。八仙文化是由传统文化，农耕文化，民俗文化，饮食文化，生态文化五部分组成。由八仙文化升华提炼出的正直、善良、勤劳、自强，就是当今的八仙精神。笔者对这些提炼和概括是认同的。

"正直、善良、勤劳、自强"的八仙精神，是八仙文化的核心主旨。八个字言简意赅，朴实无华，涵盖广泛，意境深远。如果我们加以引申和探究，就可以比较全面地领会其内涵和实质，"正直"，就是正派、率直，在这里还应该包含正义、正气，真诚坦率，不偏不倚，刚正不阿，公正公平，光明磊落等。"善良"，就是淳朴友善，厚道本分，和悦和顺，还应包含尽善尽美，善始善终，开阔包容等。"勤劳"，就是辛勤劳动，不怕辛苦，还应包含勤奋、勤恳、勤快、勤勉、勤俭等。"自强"，就是昂扬向上，永不懈怠，包含奋发图强，顽强拼搏，锲而不舍，坚忍不拔，等等。

八仙文化的内容十分丰富。这里就个人的一己之见，对其基本内容择其要点作以简述，以期与同人们探索交流。

关于传统文化，在八仙文化中突出表现在以下几个方面：一是追求知识。八仙地区历来具有尊师重教的优良传统。无论家境贫富，重视教育，追求知识是共同推崇的。"富不丢书"是八仙的名言。家境贫寒的人们，"哪怕卖裤子"也要供孩子上学。二是追求真理。民主革命时期，中国同盟会会员，著名的民主革命人士廖定三，我党早期无产阶级革命家，军事家廖乾五，革命烈士蔡平，早期中共党员严汉卿等。新中国成立后走出八仙，在全国各地党政军、工商文化科技界以及留学海外的诸多优秀人才，无不体现了这一点。曾在八仙任职的历届党政领导都有一个共同认识，在八仙当领导，只要政策理论水平高、处事公道、以理服人，八仙人就会尊重你，信服你。三是仁义、友善、博爱。八仙是"礼仪之邦"，对人仁义，"仁者无忧"。喜好交朋结友，对人真诚友善和气直爽。具有"上善若水""大爱无疆"的修养境界和情怀。四是自强不息、开拓奋进、求实创新。这是八仙的自然、人文环境使然。为了不断地改变现实状况，人们就会永不言弃、不屈不挠地去拼闯，去奋斗，力求超越。五是传统但不保守，以开放的胸襟对待新生事物，面对改革开放的新形势，既能保持和发扬优良传统，又能积极对外开放，敢于接受新思想、新观念。并把它与优良传统有机融合，焕发新的生机与活力。

关于农耕文化。一是农耕为本，惜土如金。由于历史上这里长时期生存条件差，经济不发达。人们为了求得生存和发展，坚持以农耕为本，热爱土地珍惜土地。八仙流传的"一碗泥巴一碗饭"是非常形象的。二是精耕细作。八仙人种庄稼精耕细作远近闻名。"盘庄稼像盘大儿一样"的比喻十分恰当。农民种庄稼每一道工序都一丝不苟。田地里土壤疏松，很小的石头都被拣走。庄稼生长期几乎见不到一根杂草。为了不让土壤流失，犁地会从里边往外犁。并且把掉在地外的细土一筐筐、一背背地盘到原来的地块上。三是坚持常年改土造田，改造自然。把一块块乱石滩，一片片陡坡地改造成水平地和石坎地。有的一组一村，甚至几组几村联合作战，连续几个或十几个冬春，直到干成为止。梯地里的土壤也是农民一背背从山上运来的草皮、树叶填起来的。在八仙到处可见一条条整齐的石坎，一片片石坎梯地。一米多高，几米高，甚至十几米高的石坎。有的石坎的高度，远远大于一块梯地的宽度。由此可见农民修地造田的决心。四是注重科学技术。水田起旱，间作套种，标准化栽培，良种良法，"白色革命"，产业化建设等，在这里都有充分的体现。科学技术加精耕细作是八仙现代农耕文化的突出特点。

关于民俗文化。"十里不同风、百里不同俗。"八仙的民俗文化的地域特色浓厚。一是"方言孤岛区"。八仙地区的方言独特，不同于平利其他地区。过了龙须娅，一句三个"答"，"来答""喀答""舍答"；"皮头垒了个岩头，掉下来打了个亏亏"，"契饭""喝烟"。二是民风淳朴，待人厚道。家里有客人来，主人会倾其所有招待客人。即使是"前门来客，后门借米"也要把客人待好。三是勤俭持家。"成家好比针挑土，败家就像水推沙。"持家过日子精打细算，非常节俭。即使是红白喜事也不铺张浪费。把有限的资金用在建房子、买家具和生产建设上。四是不愿求人，乐于助人。有的人把这比作"石头精神"。绝大多数八仙人的性格很硬，不愿委曲求全，不轻易乞求别人。再大的困难只要自己勉强能克服，都会想方设法自己解决，自信"天无绝人之路"。但八仙人喜欢互相帮助。邻里之间，朋友之间遇到难题，都会伸出友谊的双手。为了主持正义，甚至不惜两肋插刀。五是"礼之用、和为贵"。家庭内部团结，邻里和睦相处。人们相信"和气生财"。

关于饮食文化。饮食之所以是文化，是除果腹之外，另有一番风味。八仙的饮食文化别具一格。一是突出食材本身的味道。除当地自产的香料（大蒜、葱、花椒、辣椒等）之外，不主张添加其他香料，认为食材本身的味道就是一种自然美。二是食在当地，食在当季，顺应天时。由于自然气候环境，八仙当地产出的农作物既丰富又有限。改革开放前基本上是产啥吃啥，自产自销。注重时鲜，新陈结合。后来外地的粮食、蔬菜、肉类运进了八仙。但基本的生活习惯仍没有大的改变。仍然喜欢吃当地自产的粮食、蔬菜和肉类，认为这才地道。三是制作讲究，特产丰富。主食的制作多样化，粗粮细作、粗细搭配。八仙洋芋既可以做主食，又能当蔬菜，在八仙有几十种做法。八仙镇厨师袁登品制作的洋芋粑粑、炒洋芋丝曾招待过领导干部，受到称赞。地道的八仙洋芋煮四季豆的味道，在其他地方是吃不到的。八仙老百姓在制作腊肉时，讲究杀猪除毛要尽，腌制时间一定，挂起来小火慢炕，干透后再挂在干燥通风的楼上以备食用，有的连炕肉的柴火都有讲究。上好的半肥半瘦的八仙腊肉煮熟后肥肉淡黄，瘦肉红艳艳的。切出的甂板肉沾上豆腐乳，让人看到垂涎欲滴，闻到香味扑鼻，吃到油而不腻，微辣微咸，越嚼越有味道。现在八仙腊肉已被加工开发为系列产品，畅销全国各地。八仙小吃很多。具有地方特色的是燕麦炒面、苦荞粑粑和天星米粑粑。到平利、到八仙，如果吃不到这几样东西，将是一件憾事。特别是天星米粑粑，现在已经成为稀有珍品。主要原因是这种作物挑剔地块，产量很低，种的越来越少。还有几种产在高山上的野菜也是稀有之物。像天蒜、半边菜、叶上花都只生长在海拔2000多米的深山老林里。天蒜一般都长在花岩上，采摘回来剥好洗净腌酸后，用来炒腊肉、炒肉丝，做面臊子，都是上好的配菜。那种特有的似韭非韭，似蒜非蒜的香味，那种酸带微甜、又绵又脆的口感，是其他任何腌制品所不具有的，让人闻之欲食，食之不忘。八仙地区生产的饮品，主要有八仙云雾茶、毛尖和苦荞茶，都是上等佳茗。这些虽然属于茶文化的范畴，但把它们作为饮食文化的内容恐怕也无可厚非。八仙茶主产于"林密谷深云似海，小溪遍布雾缭绕"的鸦河、八仙河上游，含硒、铁、钙、镁、锌等人体需要的多种微量元素。"云雾茶"因外形挺直扁似燕尾，色泽嫩绿显毫，嫩香持久，鲜爽回甘，汤色碧绿清流，叶底幼嫩成朵明亮，先后获中国西部名优茶"陆羽杯"奖，全国优质保健产品名茶金奖，并被载入《世界优质产品目录》。苦荞茶是近几年开发的新产品，原料选用千家坪森林公园及天书峡景区境内，平均海拔1600米的原始生态区内种植的苦荞麦。通过现代先进加工技术精制而成。成分富含黄酮类物质芦丁、硒、叶绿素、维生素 B_2、膳食纤维等。汤色黄绿明亮，香气浓郁，回味无穷，具有保健和增强免疫力的作用。四是饮食注重多样化，注重粗细搭配、主杂搭配，营养平衡。包括了饮食养生的丰富内涵。

关于生态文化。一是八仙地区生态环境优越，森林覆盖率高，境内山清水秀，没有污染。有"天然氧吧"之称。大巴山的主峰化龙山位于与镇坪县的邻界处，最高海拔2917.2米。平均海拔在1300米。气候温暖湿润，四季分明，春秋温和，冬季酷冷，夏天凉爽宜人，是避暑的胜地。二是化龙山曾被称为"生物基因库"，珍稀动、植物种类繁多。在这里曾生存繁衍过华南虎。现有的珍稀动物有金钱豹、金雕、黑熊、大鲵等。珍稀植物有被称为"活化石"的水杉、中国鸽子树琪桐、公孙树银杏、七叶树和能制作精致手杖与烟斗的龙头竹。八仙被称为"巴山药乡"，出产多种药材。有闻名海内外的以"狮子头、菊花心"为特征的"八仙党参"，有形如龙爪的黄连，以及杜仲、厚朴、黄柏、天麻、当归、独活等。三是奇山秀水，自然人文景观丰富多彩。是大力发展生态旅游产业的最佳区域。这里有国家级森林公园"千家坪"，有省政府确定的自然保护区化龙山，有被称为"陕南九寨沟"的天书峡，有正阳高山大草甸，有被誉为"天水正阳""飞瀑散珠"的龙洞河瀑布群，有自然景观与人文景观融为一体的"吾真观"，还有廖乾五的故居等。夏天到这些地方游山玩水，避暑度假，置身其中，如临仙境，使人流连忘返。四是注重生态养生，体现"天人合一"。

历史上这里生存条件虽然差，但许多八仙人却不愿意离开这里而迁居他地；现在交通条件好了，通信发达了，经济也逐步繁荣起来。许多在城里、外地居住的八仙人接老人去居住，老人们因舍不得八仙的青山碧水、白云蓝天和清新的空气，又急忙返回了八仙。这里的人们已经和优美的自然环境融为一体，体现了人与自然和谐相处"天人合一"的养生之道。

八仙文化内涵丰富，博大精深，需要更多的人去挖掘、探索、研究、提炼。我们相信，在当今平利浓厚的文化氛围中，随着《平利文学》（八仙文化专刊）的问世，不久的将来会有更多真知灼见的精品与读者见面。这对于丰富平利文化、推动平利文化乃至经济、社会的繁荣和发展是大有裨益的。

"龙"在八仙的故事

　　中国历史上，龙为至尊，是至高无上的，同时又是兴旺发达，吉祥安康的象征。中华民族称为龙的传人。关于龙的传说，无数文人墨客曾在浩如烟海的文学作品和历史文献中有过精彩的描述和记载。十分有趣的是，平利八仙这块地方，也有着许多与"龙"有关的事故。

　　山有化龙山、九龙寨、龙须娅；水有龙洞河、青龙沟、龙门河、五龙潭；地名有龙山，龙洞、龙门、龙门街、龙门桥、青龙坪、双龙铺……还有带龙字的人名那就更多了。

　　化龙山系大巴山的第二主峰，海拔2917.2米。是龙门河（上岚河），镇坪的浪河、红石河、平溪河的发源地。其山势雄伟险峻，坡陡谷峡，山中动植物资源丰富，不乏名贵珍稀物种。20世纪50年代前曾有华南虎出没。珍稀植物有菊花党，鸽子树种等。尤其是化龙山上的龙头竹，在它适宜的生长区，大片大片的，四季翠绿。这种竹子兜兜像龙头，竹身像龙身。可以说浑身是宝，既可以编筐子，也可以做拐杖，过去吃旱烟的老人都用这种竹子做烟锅。这种烟锅本身就是一件精美的工艺品，只可惜我已很多年没看到了。20世纪80年代化龙山被陕西省确定为自然保护区。近几年开发的千家坪森林公园，天书峡等景区景点，就在该区域内。千家坪森林公园已被列入国家级森林公园。至于化龙山为何而得其名，我未做深入研究，也许这里是藏龙卧虎的地方，也许是龙的发祥地之一。

化龙山下有个龙山村，是个高山村，这里盛产党参、当归等名贵药材。粮食主产洋芋，苞谷。过去由于耕作技术落后，品种老化，亩产很低。后来农民采取地膜覆盖适时早播等办法，同时更换了新品种，使亩产大大提高、一举解决了温饱问题。所谓洋芋、玉米的"白色革命"就是从这里开始的。老农们曾感叹地说白色是白龙的颜色。我们是托"龙"的福啊！龙山村的烂木沟有个龙洞，传说龙洞是个很灵的地方。早年每逢夏季天旱，四处的农民都派人到洞里求雨，总是有求必应。老人们说起龙洞都绘声绘色，滔滔不绝，引人入胜。他们说很久以前，有几个年轻的农民出于好奇，求雨之后，想到洞内看个究竟。他们做好了充分准备，带着几把三节电池的手电，还有火柴，干粮等，大早就从洞口钻进去。边走边歇，边歇边走。也不知道走了多长时间，实在累了，见洞内直躺着一根很粗很长得像朽木一样的东西，横身长满青苔。有人提议在上面坐着歇一气。大家一边吃着干粮，抽着旱烟一边说笑。抽烟的人一锅接一锅，把烟灰往自己坐位下搕。忽然几个人都感到屁股下面的东西像要翻身，一齐惊得跳了起来。沉不住气的人直喊：赶快走！于是都急忙掉头往回跑，跟头连天气喘吁吁地一口气跑出了洞口。后来大家认为那可能是一条还未修成正果的大蟒蛇。从此以后，再也没有人敢进洞了。也有人说，龙洞本身是通的，曾有人走过、洞的那一头的出口是在四川……由于求雨的时间长了，人多了，人们就从中总结出许多有关雨的观天象、看气候的谚语：有雨四山亮，无雨顶上光；云跑东雨不凶，云跑南雨成潭，云跑北雨没得，云跑西骑马披蓑衣；早上烧霞，马上倒茶，晚上烧霞，干死蛤蟆；

早饭雨儿不歇中，中饭雨儿两头空；早雨黯打柴，黯雨打草鞋；先麻不雨，后麻不晴；六月初一下一阵，放牛娃子跑成病；七晴八不晴，九里放光明；有雨山戴帽，无雨山缠腰……这些谚语对农民根据天气情况，及时安排农活，预防灾害起到了趋利避害的作用。

顺龙山村往下走，两三公里处，有个青龙坪。青龙坪旁的一条小沟叫青龙沟。所谓青龙也许是从"东方苍龙七宿"而来。"龙，岁星。岁星、木也。木为青龙"。（杜预注《左传·襄公二十八年》"蚊乘龙。"）也有人说，青龙沟的青龙与龙洞的蟒蛇是配偶，它们平时分居两地，只在雨季河里涨水后，才能在两沟交汇处团聚交配产子。

青龙沟下游5—6公里处，就是龙门。说到龙门，许多人都很熟悉。这里有一条小街，叫龙门街，是过去龙门乡政府所在地。下街头横跨流溪沟的桥，叫龙门桥。没公路的时候，龙门桥是一座百姓自己精心修建的亭廊式的木桥。桥的全身除了顶上盖的青瓦外，大梁、横担、过担、桥板、桥墩，总之周身都是木头。这座桥长有20米左右，宽5—6米，既可便利交通，又可歇脚、乘凉，故又名凉桥。在我的印象中，这座桥应该是一座建筑文物，可惜没有保存下来。桥的大梁、横担上工匠们精心勾画、雕刻的龙凤、花鸟，至今仍清晰地印记在我的脑海里。特别是大梁上二龙戏珠，双凤展翅等木刻，不仅工艺精湛，而且寓意很深。象征着一河两岸百姓祖祖辈辈盼望的龙凤呈祥，风调雨顺，和谐平安。龙门街是龙门河和流溪沟的交汇处，地势比较奇特，背靠高坪山，面对姜家梁。两、三排房子夹一条马路，就是一条街。街的两头地势比较开阔，尤其是街下头的王家榜，那是八仙一带少有的开阔地。据先辈讲，化龙山的龙蛇，只要从这里出了龙门，就可以顺岚河而下畅游汉江汇入长江，进而游进东海，修成正果。相传龙洞的蟒蛇和青龙沟青龙的后代，由于应百姓抗旱求雨的要求，做了很多善事，玉皇大帝准许，他们出山下海修炼。其中有6条龙就是从龙门出口，

有 1 条经汉江、长江到东海修道成仙，与东海龙王称兄道弟。其余 5
条滞留在下游 5 个河潭里。于是就有了五龙潭的传说。

　　五龙潭是八仙镇的一景。他们分布在"悟真观"山下，八仙镇傍
的河道里，远看，它们在阳光的照射下，像五颗淡绿色的璀璨明珠；
近看，你不得不惊叹大自然的鬼斧神工。竟然在同一条河流的同一个
地段独具匠心，别出心裁地冲刷出五个形态各异、大小不同的"大鱼
缸"。如果你细细观赏，其中无穷的韵味真是妙不可言！位于下游最
大的一个潭是大龙潭，依次往上越来越小的是二龙潭、三龙潭、四龙潭、
五龙潭。每潭之间相距不过百米。传说蟒蛇和青龙的 6 个后代，在一
次暴雨过后河水骤涨时，同时游出龙门。头龙在最前面，刚游过大龙
潭，河水顿消，于是其余五条龙就分别留在了五个龙潭里。只有头龙
游进了大海。20 世纪 50 年代前，八仙镇一河两岸森林茂盛，绿树成荫，
化龙山、韩河梁都是原始森林。因此雨量充沛，河里水位较高。五条
龙盘踞在五个潭里，倒也十分安逸。据说打鱼的人还曾看见过。只是
后来由于大炼钢铁，毁林开荒，砍树烧炭，植被破坏，水源涵养面积
大大缩小，河里水位陡降，旱季甚至干涸。五个龙潭除了大龙潭，其
余四个都可见到水底了。于是五条龙再也不见了。这时人们才可以大
胆地在几个龙潭炸鱼垂钓。小时候跟大人们一块儿在大龙潭摸鱼，那
场面真是热闹非凡。有经验的小伙子把先准备好的小炸药瓶点燃丢进
潭里，其余的人都脱掉衣裤，小孩们光着屁股，等待时机。一声爆炸
后，大家争相跳进潭里。我也胆怯地跳了进去，但还没有见到鱼，就
憋不住了，赶紧游上岸，坐在边上观看。只见水性好的大人、小孩，
有的拿着一条鱼游出了水面，高兴地把鱼举起来；有的一只手抓着一
条鱼，有的甚至嘴里还啥着一条。他们一边摇摆头上的水珠，一边微
笑着走上岸来，还有的人为了炫耀自己，大声讲述着摸鱼的经过。并
且一边放下鱼，又回头跳进潭里继续摸鱼去了。那时我十分羡慕他们

的水性，也十分眼馋他们手里拿的鱼。后来为了练好水性，我和几个小伙伴在上学期间还不时偷偷溜到河里洗澡游泳。有一天中午，终于被老师派来跟踪的同学逮了个正着，把我们的裤子衣服都抱走了，害得我们赤身裸体在苞谷地里整整晒了一堂课。从此在上学期间再也不敢下河洗澡了。所以我的水性始终是一般般。到了大江、大海边也只敢在浅滩里游一游，过把瘾。

龙在八仙的故事的确很多，龙门这个地方的确很神奇。也有人说，八仙人只要走出八仙，跳出龙门，就能成就一番事业。说也奇怪，中国共产党早期领导人，著名军事家，一代名将廖乾五的故居就在龙门街。他就是从龙门走向革命、献身中华民族追求解放、追求自由幸福的伟大事业的。无论过去和现在，还有许多八仙人走出了八仙，走向全国乃至海外。他们在各自的岗位上成就着自己——国家和民族的事业。他们中不乏佼佼者。有将军、有专家学者、有商海名流，也有政界领导……他们是八仙的骄傲，是中华民族的骄傲，也是龙的骄傲。

随行走笔

老县镇散记

　　盛夏，骄阳似火。我正担心到老县镇采风会顶烈日、斗酷暑。老天作美，当我们启程的时候，天阴了，还下起了阵阵细雨，空气湿润了，气温降下来了，非常适宜采风出行。我们一行与安康学院的十几位领导、教授会合在第一站筒车坝。这里是镇上准备开发的一处旅游休闲度假景点。筒车坝是个曲径通幽的地方。据当地百姓讲，过去这里河边有两架筒车，一年四季不停地转动，将黄洋河的水扬起来，顺着河边一条堰道来浇灌200-300亩水田、旱地。镇上年轻有为的陈书记带着我们顺河边小路，绕坝一周，坝子的景象一目了然。筒车坝是黄洋河边的一个小坝子。三面环水，一边靠山，山脚下坐落着十几户人家。几排土墙石板房记录了这里古老的历史，这些房子和我儿时的老屋一模一样，不由得勾起我对童年往事的回忆……山上竹林茂密葱绿。坝子里的苞谷、水稻、花生等农作物长势很旺。尤其是早苞谷已经挂上了红红的胡子。在细雨和微风中轻轻摇曳，好像在诉说着当地农民的朴实和勤劳。河岸边的堤坡上长满了高大的麻柳树、杉树和竹子。竹林中还有许多今年发出的青笋，有的已散开了竹叶，有的还包着笋壳，竹尖从笋壳中冒出来，像小鸡从蛋壳中刚刚伸出头来一样，栩栩如生。教授们在河边上一边走一边寻找，都想找到一块自己心爱的石头。当我们从花生地边经过的时候，一位教授问他的同行，这是啥植物，回答说是苜蓿。我心中不觉一笑。后来才知道答话的教授很多年没到农村来过了。

筒车坝之行结束后，教授们又饶有兴趣地参观了钡盐厂。然后到镇政府会议室座谈。走进会议室第一眼我看到了市著名书画家张枫先生的一幅精美书法作品"陕南工业第一镇"。看着张先生的书法作品，听着陈书记的介绍，一幅老县镇的今昔对比图，在我脑海中慢慢浮现出来，让我感觉到古老而年轻的老县镇在不断地焕发着青春。

老县镇是平利的西大门。乡镇机构改革前，这里是一个区的建制。现在的镇政府已经是两次迁址了，最早的区公所在上游几公里处。那里在618年和1370年曾两次为平利县治所。足见这里是个物华天宝、人杰地灵的地方。文物普查认定这里有40多处古文化遗址，有较大的汉墓群、有古县城治所、有车厢峡古战场、有道教圣地平安宫。近十多年来老县镇发生了翻天覆地的变化。工业发展迅速，已经有10家规模以上企业在这里落户，年产值达10亿元。没有考证是不是称得上"陕南工业第一镇"，但至少在平利在安康是首屈一指名列前茅的。汉白公路贯通全镇，成为通向安康和外地的大动脉。全县打造的"百里经济建设长廊"，从老县的凤桥村开始。沿线串珠式的特色民居徽派建筑，成为平利"美丽乡村"的一道风景线。老县集镇也不例外，正在拉大框架，亮化街道，美化环境，打造长廊沿线明星集镇。农业方面的蚕桑、木耳、香菇、茶叶等在稳步发展。在生态旅游方面，他们正在探索"校镇联合"的路子，请安康学院的专家教授支招，出谋划策，招商引资，筹划建设"车厢峡古战场""道教圣地平安宫""休闲度假村"筒车坝等旅游景点。

　　要说平安宫，那可是个值得一看值得听听故事的地方。据说取名"平安宫"的庙宇全国独此一家。这个地方过去叫平安寨，地势奇特。平安宫坐落在黄洋河、县河中间。可以说是"两河夹一山"。平安宫的背后三面地势险要，垂直近90°的土石坡壁上生长着野草和灌木。前面山脚下是汉白公路，盘山而上的通村公路直达平安宫前，虽然弯急坡陡，但路面已经硬化。有技术和经验的司机都可以自如地在路上行车。平安宫位于山顶中央，庙宇建筑面积虽然不大，也不辉煌，但香火却很旺盛。平安宫的左右两边有两条小山梁，山梁上正在修建望风亭和钟亭。右边钟亭的支撑架还未拆除，但一口古色古香的"平安大钟"已经挂上去了，游客在这里可以撞钟祈求平安。左侧下有一口大水池，据修道者介绍，这个水池叫"金盆"，池里的水位天干雨涝四季不变。有孽迹的人在这里"金盆"洗手，可以"立地成佛"；好人在这里洗手，可以保佑家人、亲朋一生平安。金盆前面约200米处，有一面积约5—6亩的小盆地，放在山梁上像一艘大船。船中央的平地里有一个旱眼，人们把它叫"樯眼"，周围一带有"旱船追金盆"的传说。每年的2月4日和6月初八是平安宫香客最多的时候。传说2月4是"仙姑"的生日，最多时可达5000人。平安宫有许多神奇的传说，让人一听难以置信又不得不信。传说很久以前，平安寨脚下住着一对中年夫妇。中年得女，取名"仙姑"。仙姑自幼聪慧，甚是惹人喜欢，两口子视为掌上明珠。12岁那年，小女突然得病，四处求医不得而治。2月初四这一天，仙姑让父亲背她上山找药，并要她父亲把她背高些。实在无法再高了，父亲就说，再高就把你蠹到天上去了。话音一落，女儿咽了气去了。夫妻俩悲恸欲绝，只好把女儿葬在自己家院旁。同一天四川某地出生了一个女孩。当长到懂事的时候告诉她的父母说，自己的老家在陕西平利的平安寨，她要回老家建一座庙宇，积德行善，纪念自己的祖先。父母依了她，于是她回来在这里建起一座庙，取名"仙姑庙"，又叫"平安宫"。意在祈求一方平安，她自己入庙为姑，一直延续香火不衰。当地老百姓讲，在这里敬香求签只要心诚很是灵验。女娲凤凰茶业公司的罗总讲了两个故事，一个是他亲身经历，一个是听老人传说。真是活灵活现。他说自己几年前买第一辆摩托车时，曾到庙里求得一段平安布，梆在车上，一直没出什么事故。有一天他见红布段太脏，顺手把它丢掉了。第二晚上他从长安送茶叶回家，在木材检查站碰到一辆大车在前面检查，由于天黑看不清，自己一头撞上去，把一只腿弄骨折了。治疗好几个月才恢复。第二次他又买了一辆车再到庙里求平安布，道姑问他上次不是给了吗？他说丢了。道姑告诉他，布是不能丢的，丢了会出事。罗总如实告诉了他出事的经过。道姑双眼微闭，念念有词地说："善哉，善哉，苦海无边，回头是岸！"于是又给了他一段平安布，这块布他一直绑在车上，至今不敢丢弃。已经 4 年多了，一直平安无事。他还说，几十年前，乡上几个人到庙里破"四旧"，把香炉等都打翻在地。一个小方桌，被一个张姓的人看中了搬回家放茶杯。自此，张家再也没安宁过……

　　和平安宫隔沟相望的便是古战场车厢峡。1633 年（明崇祯六年）7 月，农民起义军李自成数万将士误入车厢峡。峡谷四壁陡峭，易入难出。遂被延绥镇抚陈奇瑜所率官兵包围。官兵阻塞道路，居高临下投石袭击，放火焚烧。时遇连绵大雨 20 余天，山洪瀑发，峡水猛涨。义军长途奔波，人困马乏，人无军粮，马无草料，形势十分危机。危难之中，李自成等采用诈降的办法，遣人贿赂陈奇瑜及其左右将帅。陈允降后着手改编义军，将四万人马每万人编为一队，每队派安抚官一名，押送遣返回乡。出南栈道时，义军奋起反抗，杀死押解官兵5000 余人，重举义旗，再败官兵，最终推翻了明政权。如今车厢峡德仁寨下的悬崖上还留着三个弹痕炮洞；火神庙还残存着记载义军的壁画和"车厢峡"三个大字。这里如果经过一番打造，人们再来游玩，睹景观物，追古思今，那将是另外一种感受！

从平安宫返程岔路往右拐约1公里处，我们到了平利女娲凤凰茶业有限公司的茶叶种植基地——蒋家坪茶园。这里也是平利茶园中我唯一没来过的地方。细雨过后，一进茶园，使人有豁然开朗，别有洞天的感觉。这块茶园不像八仙号房茶场顺坡而上，不像广佛四山是茶，不像长安茶园建在田坝里……这块面积500多亩的茶园，背靠蒋家坪后山，三面是缓坡沟壑，几个硕大而平缓相连又相对独立的山头上，整齐茂盛，葱郁碧绿的茶树一眼望不到边。周围植被丰富，山上有灌溉设施。如果土壤适宜，条件许可，向四周扩展开来，面积可达数千亩，甚至更大规模。茶园远离公路和人居，远离工业污染，真像是世外之园。同行的朋友们在园里观看、议论、指点、照相，流连忘返。在加工厂小憩的时候，罗总把他的上等茶叶拿出来招待客人。芽叶的个头虽然没有田坝里生长的厚实，但清澈翠绿的汤水，淡淡的兰花香味，甘醇微甜的口感，让大家赞不绝口。由于优越的生长环境，决定了其内在品质，绝对高于离污染源很近的茶园的茶叶。几位朋友还特意用自己的杯子加泡了几杯，一路细细品尝。

短短一天的时间，走马观花式的采风活动很快就结束了。凡是过去到过这里的人都会感觉到，现在老县镇和几年前相比，已是焕然一新。陈书记清晰的思路，宏伟的设想和正在实施的工作重点，使我们完全有理由相信，不久的将来，老县镇成为安康的东客厅、平利的西客厅的目标，一定能够实现。

兴隆随笔

初夏，在蒙蒙细雨中和文联几位朋友一起应邀到兴隆镇，在镇领导的陪同下，开始了一天的采风活动。

很久没来了，一进入集镇就有了许多新的感受。和几年前相比，这里变化很大，集镇市容整洁，街道两旁房屋的美化亮化还在进行，除一处旧房改造正规划外，大多都已贴了面砖，翻新刷白，财政所正在改建成徽派建筑。小巧的广场上有一棵象征尊贵的百年楠木和两棵桂花树，青枝绿叶在微风中轻轻摇动，像一群孩子含着微笑舞动着花朵在欢迎来客。镇上"一厅式办公的服务大厅"已经建成，工作人员热情地接待着来办理各种业务的群众。到镇上办事的群众不再来回跑路找"七站八所"，在这里就可以得到满意的结果。集镇框架在向兴隆中学方向拉大，一个精巧美丽的袖珍式山区小镇正在形成。

午饭后，我们一行乘车沿冠河逆流而上。沿途镇党委干练漂亮的女书记，如数家珍般介绍着全镇的班子建设，产业建设，村民住房"三改一建"和新开发的居民点等情况。行进中我们看到由于植被丰富，河水清澈如镜，两岸经过一场夏雨洗礼过的满目青山，河岸边行行垂柳,千年大麻柳树,道路旁盛开的金黄色的野菊花一片片,翠绿的山竹,大块大块长势喜人的桑园,一个个新建的整齐的小村庄,半山腰时隐时现在树阴中、竹园旁的白墙瓦房,不时映入眼帘,让人目不暇接。经过40多分钟的行驶,我们来到太子沟的"刘家老屋"。这里又是一翻引人入胜的景象。据主人介绍,这是一座典型的农家古建筑,经过几百年的风雨洗礼,仍然保存完好。院内四合小天井的台阶均是花岗岩麻条砌成,排水沟内有百年老龟,晚上可以清晰地听到老龟翻泥吃虫和唰唰地爬行声。室外小园窗镶嵌着用瓦窑烧制成的花格窗,墙体全是古代烧制的大块青砖,砖上还有各种花纹。室内门窗木柱全部是木雕装潢,上有人物雕像,花鸟鱼虫,飞禽走兽,精美耐看。在院坝里四面环望,可以看到院子的主人是经过精心挑选才在这里定居的。懂得建筑风水学的人会说这里左有青龙,右有白虎,有朱雀,玄武环绕两旁。院落背后的山势像一座大型川椅,院子坐落在川椅正中。山坡上有几棵高大的古松被密密麻麻的青藤缠绕,浑身长满了绿叶。院前四面开阔,放眼望去"一揽群山小"的感觉油然而生。门前层层梯田拾级而上,直到院边。田内已插上绿油油的秧苗,这是在川道大坝子里已经很长时间看不到了的一道景观。由于时间紧迫,我们不得不依依不舍地辞去女主人敬烟泡茶邀请吃饭的热情,继续前进在由无数个"Z"字连接在一起的乡村公路上,穿行在林海雾源之中。翻过太子沟山梁进入小河村地界。一段险峻的山路让同行的一位朋友发出了"不敢往下望"的尖叫!这里山高沟深坡陡弯急,女书记担心开车人不适应路况,提出由她来驾驶。开车人没有答应,仍然从容不迫地向前行驶。几个急拐弯的下坡路,如果没有过硬的技术,一把很难打过来。坐在司机旁边的我,虽然曾历经过比这更险奇的山路,也不得不几次放下车窗,密切关注前面的路况。"Z"字形的盘山道慢慢落在车后,女书记给我们介绍着近几年她们抢抓机遇,动员全镇百姓抢修乡村路的情况。仅去年他们就抢修了类似这样的公路两条，里程达 60 多公里。现在到各村去都不用走回头路，环形路已贯通全镇。过去到各村走一遍至少需要一个星期，现在几个小时就完成了，到最远的村也只要几十分钟。就是进县城，过去走蒙溪沟翻山得十几个小时，现在只要 40 分钟左右。从此结束了千百年来这里物流靠肩挑背砣的历史，老百姓出行极为方便。摩托车、农用车、小汽车天晴下雨都可放心地在这些路上穿行。难怪书记说她们去年获得市委、市政府表彰的"农村公路建设先进单位"的光荣称号。可以想象，镇村干部和当地百姓在公路建设的规划设计、施工中逢山开路，遇水架桥，开山凿石，打底子，铺面子的宏大工程中不知付出了多少心血和汗水！

不是党的惠农政策的阳光普照，这里恐怕仍然山河依旧。获不获得荣誉并不重要，这里古老而秀丽的山河鉴证着他们的辛劳！勤劳朴实的农民将世代铭记着他们的功绩。汽车仍在行进，我双眼注视着窗外。突然，眼前几棵造型美观的古老的桂花树，打断了我的思绪，全车人都被这千年古树吸引住了，不约而同放下车窗玻璃说："好漂亮的桂花树哇！"所有的人都目不转睛地望着这些树，恨不得像相机胶卷一样把他们印在脑海里。很快到了我们的最后一站小河村刘书记家里。他们今天插秧，几桌栽秧酒席已经开始了，主人热情地接待了我们。很久没喝栽秧酒了，本想和栽秧的人一同入席敞开胸怀饮酒畅谈，然而刘书记说什么也不干，硬让我们先休息，要单独摆席。恭敬不如从命，只好客随主便了。刘书记家房子宽敞明亮，一幢三间新修的砖混结构的小楼房，外带偏厦、圈厕。屋里收拾得干净整齐，一看就知道是个持家有方的人家。这里不仅是镇上的接待点，还是农家乐。这在远离集镇几十公里的地方，是独一无二的。由于山高植被好，加上下雨，天有点凉了，我们一边烤着电炉子，一边交流沿途的观后感。我又不切实际地瞎想开来：如果在这深山里我有一个像普通农户样的院落，四面苍松翠柏环绕，有小桥流水翠竹，门前几颗八月飘香的丹桂；漫山遍野有四季都可采摘的纯天然无污染的蕨菜、薇菜、六耳令、鸭脚板、奶浆菜、叶上花……天天都能喝到从崖缝挤出来的矿泉水；春有各色鲜花，夏有绿荫蔽日，秋有房前屋后的瓜果和自己收割的稻谷玉米，冬季大雪封山的时候烤上一盅小甑酒，甜杆酒，祖孙三代围在炉火旁，吃着自产的瓜果蔬菜，土鸡腊肉，一口一口慢慢咂着自制的"小沟茅台"，呼吸着大自然每天新制作的氧气……那日子该有多么畅快、惬意！真是"春有百花秋望月，夏有清凉冬观雪"。在这里一切人间忧愁烦恼都随风逝去，所有功名利禄皆成过眼烟云。由此我联想到我的一家亲戚的老人，在这条沟里生活了七十多个春秋被接到城里，他仍然每天要喝 1 斤左右小甑酒，仍然在小院子里帮忙栽花种菜，仍然要到大街小巷转转看看，偏偏儿孙们怕城里车多不安全，怕走迷了路，不让他出去，每次见了我他都要为此发点牢骚，安慰他几句，也就好了。正是这条沟的水养人，山养人，五谷杂粮养人，瓜果蔬菜养人，空气养人，加上他辛劳锻炼，打下了坚实的健康基础，他一直活到九十多岁，很少害病吃药。就在去世的那天早上，他照样吃饭，喝酒。下午给端饭去，他已经安然离开了人世，毫无遗憾地寿终正寝了！

时间过得很快，五点多钟，一桌丰盛的山里人的待客酒菜摆上桌了。由于晚上还要进城，两个开车的师傅不能喝酒，我们和书记、镇长热情地互敬几杯，大家都不敢开怀畅饮，直到主人刘书记上场后，才把酒场推向高潮。他见人两盅，我们又回敬了两盅，他仍然毫无醉意，继续着他的劝酒程序。天渐渐暗下来了，雨又下起来了，似乎是在提示我们，欢送我们。我们不得不起身告辞，主人客气地说没有陪好，并热情邀请我们下次再来。文联主席诙谐地说，听说你们村上美女多，我们会瞅机会来选拔全县的形象大使。刘书记说也许过年这些美女才能回家，到时候你们一定来啊！

　　回城的路上，我回想起 10 多年前的一个冬季，我曾带队到太子沟慰问困难群众。10 多户的慰问过程，我是在痛苦和无奈中度过的。那时的简易公路只是一条拖拉机道，很多地方汽车不能正常通行，我们不得不下车步行，公路旁几乎看不到砖混结构的楼房。大多数群众都住土墙房，有的还是茅草或苞谷秆盖的，根本见不到白墙瓦房。许多家里没有通电，火炉里是一堆煨的烟薰火炕的树圪塔，没有煤炭，更没有电炉子。一河两岸尽是不足五尺高的苞谷秆，河沟的宽阔处有一些秧田。没有成片的桑园和养蚕大户。现在到这些地方我再也找不到当年那些农户了，真是判若两境！几十分钟的行程，我们很少说话，大家都在思考、回味……也许兴隆镇近几年的巨变，就是整个社会主义新农村的缩影。

对面阳台上的鸟笼

今年春天，每个人都宅家了几个月。除偶尔戴着口罩上街买点蔬菜、食品和日用品外，基本上都是在室内看书、看电视、玩手机、做家务。待得无聊了，到阳台上看看周围的楼房，仰望楼房夹缝中露出的天空。一天我突然发现对面小张阳台上挂的鸟笼不见了，过去长得很茂盛，春天花开得很艳丽的盆景叶子也枯萎了。回想起来好像半年多没看见小张了，顿时心生疑问。当疫情基本得到控制后，一天下午散步，在小张楼下碰到他们一个楼里的老丁，问起来才知道，去年底小张因病已经去世了。其实他还年轻，比我小十多岁，怎么就早早地走了呢？我感到很突然，很吃惊，也很无奈，心中有一种莫名的感伤。回家的路上情不自禁地回忆起搬到这里居住后的一些往事。

二十年前我搬进了现在住的房子，这是单位集资修建的住宅楼。小张就住在我东边的楼里，而且我们都在三楼，中间有一个大院子的距离。他阳台上养了六七盆花，青枝绿叶，春夏两季花开的时候，非常鲜艳漂亮，红的，粉的，淡黄的，雪白的，好几种颜色，非常养眼，有的我连名字都叫不上。刚搬来的一段时间，每天蒙蒙亮醒来时，总听到外面有阵阵鸟叫声，我还以为是小鸟在为我乔迁新居贺喜呢。当我在阳台上观看时才发现，原来是小张阳台上挂着的两只鸟笼中的小鸟，在上下跳跃并叽叽喳喳地欢唱，显得很有生气。尤其是他房顶鸽子屋里养的几十只鸽子，经常从房前屋顶一阵风似的飞来飞去，并不时发出咕咕的叫声，成为一道亮丽的风景，让人赏心悦目。刚搬家头几年，家里烧水做饭还用蜂窝煤炉子。阳台拐角堆放着引炉子的竹棍木柴等。一次不小心，木柴着火了，烟雾弥漫。小张大声呼喊我，阳台着火了！并问我要不要过来帮忙。幸亏火势不大，我和老伴奋力把火扑灭了。至今我清晰地记得，当我向他投以感激的目光时，他向我挥挥手，并伸出一个大拇指。当时几个阳台都有人观望，唯独他第一时间给我通报了险情，使我家免遭一灾。

十多年前，我老伴身患慢性病，时间长达十年之久。其间多少个夜晚我难以入睡，独自一人忧虑压抑、不知所措、惶惶不安地在阳台上走来走去，一支接着一支地抽烟，极度的痛苦和无助，使人对生活几乎失去了信心。但每当听到小张笼里鸟儿的欢唱和鸽子的咕咕叫声，又唤起了我坚强面对困境的勇气。因为小张曾告诉我，他与爱人好几年前就离婚了，一个人带着儿子相依为命，也很不易。即便如此，他仍然积极乐观地面对生活，养花养鸟，一年四季，不论天晴下雨，寒天雪地，不厌其烦地爬上屋顶，给鸽子喂食喂水。既当爹又当娘，把儿子拉扯成人，去当了兵，后来转业安排了工作。总算苦尽甘来，熬过了最艰难的时期。他曾对我说，准备尽快给儿子说个媳妇，也就尽到责任了。但是好日子才刚刚开始，心愿还没了结，他却走了。

其实好多次我都曾想抽时间去他家坐坐，一来表示对他的感激，二来顺便看看他养的小鸟和鸽子，同时观赏他的盆景，学习他养花的经验。总想着住得很近，来日方长，有的是机会。阴差阳错，一直未能如愿。然而来日并不方长，他比我小了许多，却悄悄地先我而去。

如今再也看不见他阳台上的鸟笼和笼中的雀跃，再也看不到屋顶上鸽子的阵阵飞翔，再也听不到他笼中小鸟的欢唱和鸽子的咕咕叫声，再也看不到他阳台的鲜花和盆景了。

小张走了，但他对生活积极向上的精神深深地烙在了我心中，他养花养鸟养鸽子的执着，也激起了我养花的热情。每当朋友在我阳台看花称赞的时候，我总会指着对面阳台，讲述当年我观赏小张盆景的感受。每当我游览家乡的田园风光和自然美景的时候，青山绿水，蓝天白云，鸟语花香，美不胜收。使我仿佛又看到了无限放大了的小张阳台上的鸟笼和盆景。

邑中风物

茶之缘

　　丹桂飘香，秋高气爽，正是金黄的收获季节。但是"茶镇长"调任他职的这天清晨，乡亲们却放下手中的活儿，陆续来到镇政府院内。瞬间就聚集了一二百人。人们手中提着鸡蛋、腊肉，更多的是精装茶叶。他们自发地用自己特有的方式来为镇长送行，表达依依不舍的心情。"茶镇长"双手抱拳，热泪盈眶地对乡亲们说："一颗鸡蛋一颗心，一盒茶叶一片情，你们的心意我领受了！请大家都回去，把庄稼种好，把茶产业做大做强，这比送我什么都好。我会回来看望大家的，再见。"说完向大家挥挥手急忙上了车。离车近的乡亲还想把东西放进车里，后面的还在往前挤，车已缓缓开走。乡亲们追赶着大声喊叫："要多回来指导我们的茶业发展啊……"

　　车在向前行驶着，车上的镇长思绪万千，心情久久不能平静！回想起自己的工作历程，在茶产业方面所做的工作，只是按上级的决策结合实际抓好落实罢了。其中既有奋斗的艰辛，更有收获的甜蜜。茶乡的父老乡亲，淳朴厚道，勤劳善良，可亲、可爱、可敬！在自己遇到困难的时候，是他们给予了自己战胜困难勇往直前的力量和信心，是他们送给了自己"茶镇长"这个让多少人都羡慕的"绰号"。也是务茶的缘分使自己组建了幸福的小家庭。他们才是世界上最伟大、最美丽的人！想到这里，自己人生中的几次重要经历，像电影一样一幕幕浮现在眼前。

那是小陈刚从茶叶专业学校毕业，被分配到一个茶叶基地乡的茶叶站当技术员。恰逢全县茶饮产业由粗放型向集约型转变的大好时机，他被派到一个茶叶专业大户蹲点，认识了刚刚承包了200多亩茶园的高场长和他的女儿小高。当时的茶园草荒严重，树冠不整，稀稀拉拉。说是200多亩，实际产茶面积不足百亩。小陈和小高根据学得的知识和外地低产茶园改造的经验，建议老高在消灭草荒，改土施肥的同时，将稀拉的茶树进行移栽密植，秋季重剪。老高只同意前两项措施，否定了后面。无奈，小陈和小高只好在老高外出考察的时候，组织专业队伍突击改造了20亩茶园。为此小陈挨了老高好一顿训斥，还是乡上书记和小高联合说情，才侥幸躲过了被退回乡上的惩罚。为了证实低改的好处，小陈和小高在管好大面积茶园的同时，精心管理低改的茶园。第二年春，低改茶园的效益超过老茶园的两三倍。老高信服了，专门备了一桌酒菜，把不会喝酒的小陈灌得晕晕忽忽，两人大有相见恨晚的感觉。趁着酒兴畅谈了一晚上，初步形成了茶园发展的三年规划。这一年，他们不仅对原有的200多亩茶园全部进行了低改。而且计划年底前把腾出来的100多亩平地全部建成密植高效茶园。老茶园是改造好了，但新茶园怎么建，他们又产生了分歧。小陈主张引进无性系栽培技术，调优良品种茶苗栽植，而老高主张按照老办法点种子。关键时刻全县茶业工作会议期间，组织茶农大户外出参观。外地成功的经验，使老高开阔了眼界。回场后，他主动安排小陈帮他联系茶苗，秋季一举栽植了80亩。由于他们严格按科学规范栽植和管理，来年茶苗长势良好，预测比点种的茶树可提前三四年进入收获期，而且效

益远远高于点植的茶园。小陈和老高率先行动取得的成功，在全县起
到了示范作用。县上多次组织人员去参观，使无性系密植高效栽培技
术在全县迅速推广，他们成为全县学习的典型。这一年20出头的小
陈也被破格晋升为助理工程师，并被任命为乡茶叶站副站长，小陈和
小高都受到县上的表彰。

自从小陈来到茶场以后，小高在生活上悉心照顾，工作上大力支
持，关键的技术问题两人总是一拍即合。而小高的聪明娴慧，落落大
方，精灵好学，善于经营，给小陈留下深刻印象。特别是两人在务茶
上的默契，更是有一种心心相印的感觉。

随着全县茶饮产业的不断发展壮大，为了强化领导，县上决定配
备各茶叶基地乡镇的业务领导，小陈理所当然地第一批被选拔为副镇
长，调到新的工作岗位。当他去告别高场长时，老高又一次置办酒席
盛情为他饯行。这次小高破例上席陪酒，而她显露出来的酒量，让小
陈大吃一惊，对她刮目相看。酒过三巡，老高借故离席，两颗咚咚直
跳的年轻的心被事业和情感撞出了爱的火花，相互倾吐心声，约定在
小陈到新的岗位取得一定成绩后结为伴侣。老高在门外听到这一约定，
高兴得拍手表示祝贺！两个年轻人为老人的豁达开明所感动，急忙含
羞地红着脸共同为老人敬了三杯酒。

到了新的岗位后，小陈一门心思扑在茶饮产业上。在镇上其他领
导的支持下，一方面大刀阔斧地推进低产茶园改造，发展密植高效茶
园；另一方面整合茶饮企业和资源，扶持培育龙头企业。把小块茶园
集中流转到茶业大户。大力推广茶叶加工新技术，亲自带领技术人员，
反复试验，多次改进，开发出本县第一个新品牌——女娲银峰，并在
全省茶叶博览会上获得金奖，使其与后来的女娲云雾、女娲毛尖共同
成为全省知名品牌。三年时间里，无论是天晴下雨，还是酷暑严冬，
小陈的身影总是忙碌在农户、茶园、加工车间或是跑市场的旅途。他

的身体瘦了，皮肤黑了，但仍然精神十足。他与茶农、企业老板成了知心朋友。他对全镇哪块茶园有多大，种的啥品种，当年产量有多少；哪个茶农、企业急需解决啥问题；当年茶叶的产量、销路和价格都了如指掌。那年正当春茶加工旺季，刚引进的加工机械却不能及时安装运行。为了抢时间，小陈关掉电话，一连五天蹲在安装车间，现场解决问题。正当他们沉浸在机械正常运行，加工出第一批春茶的喜悦的时候，小陈意外地得到父亲去世的消息。想到父亲一生含辛茹苦抚养自己，自己却没能给他送终，情不自禁，泪如泉涌。但当他看到茶农们的早茶及时赶上市场需求，获得满意效益脸上露出笑容的时候，内心又感到欣慰，觉得自己的牺牲是值得的。

心血和汗水没有白费，茶饮产业在该镇率先突破。该镇被命名为"茶饮产业重镇"。茶饮产业产值达到镇总产值的60%。茶业发展了，茶农得到了实惠，生活富裕了，人们亲切地称小陈"茶镇长"。他的工作受到茶农的拥护，得到组织的肯定。在镇人代会上他高票当选为该镇镇长。第二年，在父亲满周年的日子里，小陈和小高喜结良缘，成为恩爱夫妻。小陈把家安在小高父女所经营的茶场上。如今他又到了一个新的茶叶基地镇工作。上班期间，认真履行镇长职责，倾心尽力抓好全镇工作和茶饮产业；休假时，他也闲不住，把岳父老高经营的茶饮企业当作实验基地。夫唱妇随，齐心协力，继续培育新品种，开发新品牌。他常常对人说："我这一生与茶结下了不解之缘。将来我的后代也要让他们学习和经营茶业。因为茶叶永远是人们需求的健康饮品！"

东方神草　人类福音

——陕西平利绞股蓝

地处巴山腹地的陕西省平利县是人文始祖女娲圣母的故里。境内沟河纵横，山川相间，光照充裕，雨量丰沛，土壤肥沃，森林植被丰富，有名山"女娲山"，自然风光和人文景观相映成辉。2012年获"中国最美乡村"的殊荣。由于得天独厚的自然禀赋，平利的物产丰富。大巴山的第二主峰化龙山区，被称为"生物基因库"，曾生存繁衍过华南虎。现有珍稀动物金钱豹、金雕、大鲵等。珍稀植物有被称为"活化石"的水杉，中华鸽子树珙桐，公孙银杏树等。这里还有"巴山药乡"的美誉，出产近千种中药材。其中有以"狮子头、菊花心"而驰名中外的八仙党参，和被称为"东方神草""南方人参"的绞股蓝等名贵中药材。

平利是绞股蓝生长的最佳适宜区。全世界共发现绞股蓝13种，我国有11种，平利就有7种，且新培育出2个品系。这里绞股蓝分布广泛，野生资源有30余万亩。相传是女娲抟土造人时，手中挥洒泥浆的藤蔓落地生根而成。

在这方源远流长的圣土上，先民们千百年来与绞股蓝朝夕相伴，世代传颂着绞股蓝的神奇功效。

据明代（1406年）朱棣所著《救荒本草》记载：绞股蓝生田野中，延蔓而生。叶似小蓝叶，短小软薄，边有锯齿；又似痢见草叶，亦软、淡绿；五叶攒生一处。开小花，黄色；又有开白花者；结子如豌豆大，生则青色，熟则紫黑色。叶味甜。救饥：采叶煠熟，水浸去邪味涎沫，淘洗净，油盐调食。徐光启的《农政全书》和吴其俊的《植物名实图考》均有同样记载。

绞股蓝为葫芦科草质藤本植物。又名五叶参、七叶胆、小苦药、公罗锅底、遍地生根等。在日本称为甘茶蔓。内含皂苷、黄酮、多糖、磷脂、氨基酸、维生素、常量和微量无机元素等多种活性成分，其皂苷成分就有83种，总含量是高丽参的三倍，具有"南方人参"的美称。故饮一杯绞股蓝茶，胜喝一盅参汤。据《中药现代研究与应用》《全图中草药汇编》《中华本草》《中药大辞典》等书记载，绞股蓝具有改善人体新陈代谢，增强免疫功能，抗高血脂、抗动脉硬化、抗血栓形成，防衰老、防肿瘤、抵消激素类药物副作用，以及改善睡眠等多种药理作用。更加独具特色的是平利远离工业污染，处于秦巴富硒带，绞股蓝的含硒量达0.0003‰，是纯天然无污染富硒绿色产品。在绞股蓝行业里，各项指标位居全国榜首。

平利百姓把绞股蓝作为茶饮或荒年取而食之已历史悠久。常饮此茶的人群中，不乏90高龄的老人。故人们称之为"东方神草"。进入20世纪70年代，为使绞股蓝更好地造福人类，一批有识之士开始研究开发利用绞股蓝。经反复实验成功取得野生驯化人工栽培技术，并实施大规模人工栽培。制定并通过省质监局颁布了全国唯一的《无公害绞股蓝标准化综合体》，获得国家原产地理标志保护产品认证。平利开发的"女娲神草"绞股蓝商标，被省工商局批准为陕西著名商标。产品被列为知名品牌。先后获得泰国国际农产品一等奖，中国第八届国际农产品特别奖，杨凌农交会金奖等数顶金冠。全县标准化栽培面积已近5万亩，产量达3800吨，产值3.2亿元。正在向"全国绞股蓝第一县"的目标迈进。研制开发的绞股蓝龙须茶、炒青茶、袋泡茶等，备受市场青睐，产品供不应求，远销日本、澳大利亚、美国、俄罗斯及东南亚等国家和地区。与北京大学安康药物研究院合作开发的胶囊、片剂、颗粒及皂苷等产品也十分畅销，临床效果甚佳。

这里特别值得一提的是用绞股蓝嫩尖制作的龙须茶。不仅优在其内，而且美在其外，十分诱人。摄一小撮龙须茶置于透明的茶具中，沸水冲泡，观之，外形翠绿，汤色碧绿，叶开须动，似游龙展须，如花蔟绽放，翩翩起舞，鲜生可人，赏心悦目。真乃"月桂与秋色，美难与茶比"；品之，香高气雅，滋味甘醇，沁人心脾。饮茶者爱不释手；爱茶者"平生于物元无取，消受山中茶一杯"。实可谓"健康之液""快乐之杯""灵魂之饮"也！

女娲绿茶

　　有一批名星在平利"茶之旅"文化节上闪亮登场，给热闹非凡的平利小山城增添了许多光彩。而他们正是冲着平利女娲茶上佳的内在品质和独特的诱人魅力而来的。

　　平利县地处秦岭以南，巴山北麓，位于陕、鄂、渝交界的巴山腹地，属亚热带气候。境内山峦叠翠，碧水萦回，土地肥沃，气候宜人，光照充足，雨量充沛。植被丰富，环境优美，海拔落差达 2600 米，昼夜温差大，是茶叶生长的最佳适宜区。

　　茶叶生产在这里历史悠久，早在唐代就是朝野闻名的茶叶产区"岁奉以茶叶为主"。"三里垭毛尖"就曾是入京的贡品。近十多年来，平利实施生态立县战略，茶饮产业率先突破，成就斐然。已建成西北名茶大县。种茶 14 万余亩，总产 6000 余吨，产值过 6 亿。平利茶刷新历史纪录，再度名声噪起。不仅得益于得天独厚的自然禀赋，还因这里是女娲故里，有名山"女娲山"。

　　据《华阳国志》《新唐书》等史书记载，"女娲山"在平利，被列入名山之列。当代《中国历史地图集》，在陕西平利东"金房古道"

也明确标示"女娲山"。在当地文物普查中发掘出的大量文物，诸如女娲庙、女娲庙碑记等，厚重的历史证据，坐实了中华人文始母女娲文化的原发地就在平利，为这里留下了巨额的无形资产。为使女娲文化更好地造福人民，平利充分挖掘其深厚的积淀，与茶饮产业完美地结合起来。把过去已有的"三里垭毛尖""八仙云雾""长安一品香"等平利绿茶，统一冠名为"女娲茶"品牌，开发生产了"女娲银峰""女娲云雾""女娲毛尖""女娲乌龙""女娲炒青"，以及近年来开发的"女娲红茶""女娲白茶"等系列产品。通过不懈努力，制定并通过省质监局颁布了全省唯一的《女娲有机茶标准综合体》，取得了无公害农产品认证，AA级绿色食品认证，有机茶生产基地认证和产品质量认证。女娲茶获得农业部批准的农产品地理标志保护产品。"女娲峰""秦楚缘"商标被省工商局批准为陕西省著名商标。有四种产品获得全国"中茶杯"一等奖，一种产品获中国茶叶流通会金奖。平利先后被中国国际茶文化研究会和中国茶叶学会授予"中国名茶百强县"和"中国名茶之乡"称号。名茶大镇长安镇被国家命名为"农业生态旅游示范基地"……

"女娲绿茶"获得金冠数顶，诸多殊荣，除了品牌的成功打造，根本原因还在于其上佳的内在品质。据权威机构检测，女娲绿茶内含氨基酸 3.8%，茶多酚 25.3%，咖啡碱 3.9%，水浸出物 42.6%。各项指标均达到或超过国家规定的高档名优绿茶质量标准。而且平利土壤处于富硒带，含硒量达 0.6536mg/kg，其中 > 0.2mg/kg 的占 68.63%。毫无疑问，平利茶是富硒茶，并含有多种人体必需的微量元素。具有特殊的保健作用。这是缺硒地区的茶产品无法相比的。

女娲绿茶不仅优在其内，而且美在其外，秀色可餐，十分诱人。观之外形翠绿，汤色碧绿，叶底嫩绿。一杯在手，叶芽立于水中，上下浮动，犹于花蔟，亦似游物，翩翩起舞，生动可爱，赏心悦目，真是"月桂与秋色，美难与茶比"；品之，鲜香可口，醇正甘甜，浓郁芬芳，幽幽入鼻，直沉丹田，沁人心脾，神清气爽。实乃"健康之液""快乐之杯""灵魂之饮"也！

形美质佳香浓味正的女娲茶，备受消费者青睐，市场供不应求，拉动了茶饮产业的发展。产业的更大更强，急切需要茶文化为其注入生机和活力。近几年平利先后成功举办了影响空前的"茶之旅"文化节，把茶文化的挖掘传承，研究发展，推陈出新推向了前所未有的新阶段。国内茶界知名专家学者，从事茶业的领导和专技人员，潜心撰写出版了一批质量高、针对性指导性实用性和专业性很强的研究文章；打造了一批风格各异典雅别致的茶楼、茶庄、茶馆；组建了一支质朴内秀的布裙村姑茶艺表演队伍。她们在国内各种大型节庆、茶会中的表演大放异彩，获得"中华茶艺之星"的美誉。而且代表中国走出国门，参加了"俄罗斯中国年"文化活动，形象生动地传播了平利"女娲"茶品，扩大了女娲茶的影响。在平利不仅可以游览"中国最美乡村"的山水自然风光，观赏"绿如绸缎，茵如碧毯"的茶园茶山，品尝上好的女娲佳茗，还可以尽情欣赏独具平利女娲特色的各种茶艺表演。诸如仙姑茶、拜寿茶、丽人茶、青瓷茶韵、书香茶……美丽茶乡精湛的茶艺、动听的茶歌、多姿的茶舞，使人脱离喧嚣，似入仙境。心灵净化，情操陶冶，境界升华，此等人间快事，何乐而不为呢！

八仙饮食

一

陕西平利八仙是一个美丽而神奇的地方，她不仅自然风光迷人，民风淳朴，而且饮食文化别具一格。在八仙文化乃至平利饮食文化中，具有重要的一席之地。它的发展和形成是与八仙地理位置的独特性，人居组成的复杂性，生物产出的丰富性密不可分的。其一是八仙地理位置独特性的影响。八仙地区是平利县南边的偏远高山地区。最高海拔 2918 米，平均海拔 1000 米以上。境内群峰迭起，沟壑纵横。"八山一水一分田"就是对八仙地形地貌的概括。过去这里只有几条蜿蜒崎岖、翻山越岭的人行小道与外界相通。是一个相对封闭、自成一体的地方。因此这里食品的种类、饮食习惯与外界有很大区别。只是到了 20 世纪的七八十年代才有了与县城、岚皋、镇坪相通的公路。交通的发展、改革开放的春风，使八仙的饮食习惯发生较大的变化。但一些具有地方特色的饮食种类和习惯仍得到保持和发展，这是独特的地理位置对饮食文化的影响。其二是人居组成复杂性的影响。尽管考古发现秦汉前后这里就有人烟活动。而真正的开发和发展是从明末清初开始的。由于战争和自然灾害，大量的湖广移民迁徙到这里，并扎下根来。来自四面八方的移民，把外地的物种和饮食习惯带到了这里，使南北饮食文化在这里兼收并储交融发展。其三由于八仙处于南北交汇、海拔相对偏高、森林和水资料丰富，物种兼有南北，物产非常丰富，饮食原料种类繁多，形成了山珍野味和特色小吃的优势。其四，八仙素有"巴山药乡"之称。当地人们传承下来的药膳也是独具特色的。其五，这里没有工业污染，生态环境优越，一片蓝天白云，青山绿水。森林覆盖率大大高于其他地区。当地产出的食品都是纯天然无污染的绿色健康食品。

二

　　八仙饮食有其自身的特色。一是食在当地，食在当季，顺应天时。由于自然气候环境的影响，八仙当地产出的粮食、蔬菜既丰富又有限。在交通不便和改革开放前，基本上是产啥吃啥，自产自销。注重时鲜、新陈结合。后来引进了一些适宜种植的蔬菜和粮食品种，外地的粮食、蔬菜、肉类也不时运进八仙，但基本的生活习惯仍然保留着。当地人喜欢吃当地自产的粮食、蔬菜和肉类，认为这样才地道。二是注重食材本身的味道。除当地自产的香料（大蒜、葱、花椒、辣椒、芹菜等）之外，不习惯添加其他香料。觉得食材本身的味道就是一种自然美。三是制作讲究。主副食的制作有很多花样。粗粮细作、粗细搭配、主副搭配。苞谷可以推面搅糊糊、蒸面面饭、和大米搭配做"金银饭"，推米做米饭，打米浆做浆粑和浆粑馍，嫩苞谷籽可以和四季豆、洋芋、南瓜一起煮着吃，也可以推浆粑吃等。洋芋既可以当主食，又能当蔬菜，在八仙有几十种做法：炒洋芋丝、炒洋芋片、蒸干洋芋、煮稀洋芋，洋芋粉煎鸡蛋皮子，晒干洋芋片、干洋芋果、踏洋芋糍粑、蒸洋芋米饭、煮洋芋合渣、烧洋芋、生吃隔生洋芋、垫碗子、炸洋芋……特别是八仙腊肉的制作更加独特。杀猪炕肉的时间一般在冬天。讲究杀猪除毛要尽，腌制时间一定，挂起来小火慢炕，干透后再挂到干燥通风的"猫儿梁"上以备食用。炕肉的木柴和火候也都很讲究。四是特产、山珍丰富。得天独厚的自然环境，使多种杂粮和山野菜适宜于在这里生长。上天赐予这里多种风味小吃和山珍野味。像燕麦炒面、苦荞粑粑、天星米粑粑、浆粑馍、苞谷浆粑、和渣、菜豆腐、烧苞谷咽核桃、烧洋芋咽核桃等。高山特有的山野菜很丰富。草本山野菜有天蒜、半边菜、鸡脑壳、鸡爪子、地妹菜、奶浆菜、水芹菜、狗芽菜、白蒿、米蒿、则耳根、野小蒜、苦马菜、灰齿苋、百合、山药等；木本山野菜有椿芽、叶上花、刺苞砣、槐花、漆树芽、漆籽、榆钱等；野生食用菌有鸡冠菌、苞谷菌、地耳子等；野生水果，如麻梨、山桃、野葡萄、八月炸、野洋桃、板栗、野核桃、山杏、野李子、刺泡儿（刺莓）、地泡儿（草莓）等。这些山野菜（水果），鲜嫩色美，味香可口，营养丰富，富含蛋白质、淀粉和各种氨基酸、胡萝卜素和维生素，多种微量元素含量也很高，是食疗保健、延年益寿的美味佳肴。五是注重多样化，营养平衡和保健。粗细搭配，主杂搭配，荤素搭配，季节调配，药膳调养等。包括了饮食养生的丰富内涵。

三

　　独特的自然气候环境，孕育出许多其他地区所没有的山珍野味。八仙地区位于我国南北交会的大巴山腹地。境内山清水秀，森林覆盖

率高，生态环境优美，没有污染。气候温暖湿润、四季分明、昼夜温
差大，适宜于兼有南北的各种动植物的生长繁育。这里被称为"生物
基因宝库""巴山药乡"。先人们自秦汉前后开始在这里开发生存，
繁衍至今。世世代代的生活实践，从数千种植物中，选出近百种可以
食用，不少现在已成为稀有珍品。本文的第二部分列举了几十种。这
里择其优者分别就先辈和个人的生活体验，翻阅了大量史料，调查了
解并综合各方面的观点，作以表述。这只是一己之见，与大家共飨。
下面分植物类和动物类分别作以介绍。

1. 植物类

①**天蒜**：是一种在海拔 2000 米左右的高山地区，花岩上生长的
比较多的野生植物。它的生长期和其他植物一样，一年一个周期。由
于高山地区气温偏低，故而仲夏之后才开始发芽出苗。刚出土时形似
蒜苗，再长高一点，叶片渐宽。长到 30 公分左右，便可采来食用。
其所以称之为"天蒜"，其原因有四：一是苗出土时像蒜苗；二是香
味似蒜似韭，蒜味更浓；三是生长地离天比其他植物更近；四是"打
天蒜"（八仙人把采天蒜叫打天蒜）很辛苦。不仅要起早贪黑，而且
到达目的地还要爬上花岩，爬岩的过程像"登天"一样。

天蒜采到手后，先要将其根部的苨苨剥掉，然后洗尽晾干，或整
个或切段拌盐放进坛子中腌制。一般一个星期之后，就可以抓出来作
为凉菜的佐料食用。因其性猛味辛，很少有人生食。腌制好的天蒜，
无论单独食用或作配菜，那种独有的似韭非韭，似蒜非蒜的清香味，
那种酸里带甜，又绵又脆的口感，是其他任何腌制品所不具备的。让
人闻之欲食，食之不忘。

②**半边菜**。半边菜生长的区域大体与天蒜相同。只是海拔稍低，

且喜阴湿。所以多生长在高山沟沟岔岔的小溪旁，一年一季。清明前后开始发芽，先长出一匹叶子，小叶在这片叶子的茎上是对称的。随着气温的升高，它再抽苔长出第二、第三匹叶子。所有的大叶都不是对称的，故称之为半边菜。鲜嫩的半边菜有一股微冲的清香味。半边菜扯回家后，要先洗净用开水燎蔫，再用清水漂水两次，然后再炒吃或凉拌。也可做面臊子或半边菜扰洋芋，还可将其切细晒干制作成干腌菜备用。干腌菜既可以炒着吃，也可以作垫碗子。不少人对鲜半边菜的冲味情有独钟，无论哪种食用方法都不失为一种美味。半边菜不仅味美可口，而且营养丰富，其维生素、氨基酸、微量元素、纤维素含量都很高。并且具有清热解毒、降血压、降血脂等作用。

③**蕨菜、蕨粉。**蕨菜俗称蕨毛草、鸡爪子。其他地方也有称如意菜、拳头菜、龙头菜等多个俗名。古书《埤雅》中说"蕨，状于大雀拳足，又如人足之蹶也，故谓之蕨。"属凤尾蕨科，多年野生草本植物。其幼叶出土未展开时向内卷曲，形似拳头或龙头，故名。其嫩芽柄可以食用，称之为蕨菜。因其营养丰富，清脆鲜嫩，特殊清香，微甜滑爽，无污染，药食兼益，风味独特，备受人们喜爱。

蕨菜生长在海拔400—2500米的林缘、林下及荒坡向阳处。八仙地区海拔2500米以下都是其适宜生长区。蕨的种类较多，我国大约有2600种。我们食用的蕨菜名为凤尾蕨。成草茎高1米左右，叶呈阔三角形，三回羽状或四回羽状复叶，叶互生。根状茎较长，横生土中，有棕黄或黑色细毛。

春天，当幼嫩拳芽冒出地面，长至30厘米左右即可采集。采集时逐根掐下。当日采集，当日加工，用开水燎成鲜品，即可炒食。也能作蒸菜、垫碗和罐头等。可晒制干菜或盐渍腌制，以备食用。总之，无论哪种做法，都是美味佳肴。

蕨菜的营养价值很高。据测定，每百克鲜蕨菜中含水分90.39克，精蛋白 2.2 克，粗淀粉 0.21 克，糖 3.34 克，粗纤维 2.47 克，钙 10.3 毫克，铁 1.6 毫克，磷 18.3 毫克，维生素 C33.3 毫克，热量 28.1 大卡，以及胡萝卜素等元素。

蕨菜的根贮存有大量淀粉，其含量高达 40%—76%。提取出来就是蕨粉。蕨粉的手工提取方式：将蕨菜根从地下挖出后，在河水中泡洗干净，然后人工在石窝中将其捣碎，去除粗渣，用木缸将其沉淀，取出后晒干即可。可制成粉皮、粉条，可代替苕粉、藕粉和洋芋粉。无论是粉皮、粉条或调成羹，味道都很鲜美，而且有滋补作用。

蕨菜茎叶都是宝。其嫩叶，适量食用，能驱风湿、解热利尿、消肿安神、去油腻、助消化、补五脏，并具有提神治癌之功效；其茎，可以去炽热、利水道，又可驱虫、治蛇咬伤、安神降压等；其根，可提取蕨粉；全株，可提取单宁，纤维可制作缆绳和造纸。干叶烧成灰，是陶瓷工业中的重要原材料之一，可防止陶坯裂缝。

中国人民采食蕨菜历史悠久，始于西周。《吕氏春秋》曰："菜之美者：有云梦之芑"。这里的芑，就是蕨类野菜。《诗经》有"陟彼南山，言采其蕨""山有蕨薇、隰有杞桋"的诗句。《诗经·陆玑疏》云："蕨、山菜也。初生似蒜，紫茎黑色，可食如葵。"采食蕨菜不仅是平民百姓，连宫廷统治者也对它另眼相看。周文王伐纣，灭了商朝。纣王手下的重臣伯夷，叔齐不肯归顺，发誓"自止不食周粟"，逃居首阳山，一直采食蕨菜度日。秦末汉初，"商山四皓"的四儒士常食蕨菜，年过百岁，头脑清醒，思维敏捷。陕南的商洛地区，称蕨菜为"商芝"。他们制作的"商芝肉"久负盛名，名扬四海。20 世纪 60 年代曾进京，奉上国宴。日本、韩国人对蕨菜也很钟情，日本人赞誉其为"雪果山菜"。

蕨菜也曾是历代诗人讴歌的题材。唐代储光羲的"腌留膳茶粥，供我饭蕨薇。"孟郊有："野菜藤竹轻，山蔬蕨薇新。"钱起有："对酒溪霞晚，家人采蕨还"等。宋代陆游有关蕨的句子更多，如"箭笋蕨芽甜如蜜""晨食美蕨薇""笋蕨何妨淡煮羹""墙阴春荞老，笋蕨正登盘"等。杨诚斋也有"食蕨食臂莫食拳"之句；还有诗人共赏的《采薇诗》，更加贴近百姓的生活实际："皇天养岷山有蕨，蕨根有粉民争掘。朝掘暮掘山欲崩，救死岂知筋力竭。明朝重担向溪浒，濯级清冷去泥土。夫舂妇滤呼儿炊，饥腹虽充不胜苦……"可见，自古蕨菜就是人们热爱的蔬菜和穷苦人民度荒的食品。我们所亲身经历的三年经济困难时期，蕨菜在人民度荒中也是功不可没。

④薇菜。蕨类植物，为紫萁科，学名紫萁。八仙人叫它"鸡脑壳"。多年生野生草本植物。薇菜成株高达 1 米左右，根状茎粗短，斜生。叶生长园披针形，羽状分裂；羽片 5—7 对，对生叶脉羽状。为啥叫薇菜？王安石《字说》："微贱所食，因谓之薇。"

薇菜是营养十分丰富的山珍，据检测分析，每百克鲜薇菜含蛋白质 2.2 克，脂肪 0.19 克，糖类 4.3 克，纤维素 1.6 克，胡萝卜素 1.8 克（相当于白菜的 10 倍），维生素 0.35 毫克，相当于芹菜的 5 倍，还含有人体必需的 16 种氨基酸和多种微量元素，营养价值较高。不仅是国人喜爱的山珍野味，在国际市场上也享有盛名，被誉为"山珍之王""中国红薇""无污染名菜"等。

薇菜生长在海拔 1000—1600 米之间的林下或溪边酸性土壤中。八仙大部分地区都适应薇菜的生长。每年清明后 40 天左右，为集中采摘的旺季。薇菜采集的最佳期是出土 7—8 天时间，再迟就老化了。采集时要注意采绿茎、粗壮鲜嫩的雌薇，不能采黑茎的雄薇。采集时自上而下 20 厘米处掐下。当日采集当日加工。先用凉水浸湿，捋去棉花状的茸毛并清洗净。然后放入开水中潦煮，至色鲜绿、味清香时捞出，放至清洁、向阳通风处晾晒。晒至表皮发干起皱时摊平顺一个方向轻轻做弧圆形揉搓，揉至出水为止，然后再晾再揉至出水。如此边晾边揉，反复数次，直至八成干为止。最后阴晾至全干。加工好的薇菜干，成弯曲状，皮皱纹棕褐色，有光泽和弹性，无老梗与直条，保存好防止霉变，以备食用。

薇菜质脆嫩，纤维少，鲜香可口，味道极美。可荤可素，荤素搭配，蒸炸焖煮均可，能做成多种佳肴。薇菜不仅是美食，而且具有药用价值。有清热解毒、止血疗崩、润肺理气、补虚舒缓的功效。经常食用可医治吐血、便血、赤痢、子宫出血、遗精等病症。《本草纲目》曰："薇味甘、性平、无毒。主治鼻血不止、妇女血崩、长期咳嗽、痰中带血、白秃头疮、漆疮作痒"。现代医学证明，薇菜有清热解毒、杀虫镇痛、降低血压和预防肠癌的功能。是药菜兼用的植物。

中国人认识和食用薇菜的历史久远。早在3000—4000年前，就有食用薇菜的记载。《尔雅·释草》引《说文》解释说："薇，菜也"。《陆玑疏》云："山菜也，茎叶皆似小豆，蔓生，其味亦如小豆，藿可作羹，亦可生食。今官园种之，以供宗庙祭祀"。《诗经》中也多处提到："山有蕨薇""采薇采薇，薇亦柔止"。《毛诗·虫草篇》中也有："陟坡南山，言采其薇"的诗句。《史记·伯夷列传》中有：伯夷·叔齐"义不食周粟，隐于首阳山，采薇而食"的故事。古代薇也同蕨菜一样，成为诗人讴歌、画家绘入丹青的题材。南宋著名画家的《采薇图》，就是不朽之作。可见很早以前，我们的祖先就采食薇菜了，并且知道其有很高的营养价值和很多的食疗作用。

⑤刺苞头。刺苞头是一种多年生的木本植物。生长在海拔800—2200米左右广大区域沟边阴湿处。八仙地区大部分都有这种植物。由于海拔落差比较大，低山和高山的采摘时间相差20天左右。

清明过后，春天在八仙地区由低山到高山依次推进。群山叠翠，春深草长。在深山幽谷林缘溪旁，一株株刺苞头逐渐发芽抽叶。嫩芽红里带绿，太阳一出闪烁着诱人的光泽，等待人们去采摘。刺包头主杆和叶的根部带刺。主杆依树大小十几公分，几十公分到一米多，两米高不等。主杆一般只有一根，到顶部采摘过的才分叉发出二至三根枝芽。主杆上的刺很坚硬。采摘时稍不注意就会被扎伤。刺苞头只能摘其嫩芽做菜。一般长至20公分左右就可以采摘，再长浑身长刺变老就不能食用了。

刺苞头采摘回家，用清水洗净，在开水中煮漂好，再用凉水漂洗滤干，切段就可炒后食用。既可清炒，也可作炒肉的配菜，同时还可以晒干备用。

刺苞头别看它身上有刺，人们敬而远之，但嫩芽做菜却是人人都爱。炒制后柔嫩脆香，清爽可口，是一道少有的美味佳肴。其纤维素、维生素含量都很高，而且有多种氨基酸和微量元素。不仅营养价值较高，还具有清火健胃、安神降压的药用功效。八仙百姓好客，不仅当地人喜欢食用刺苞头，而且编了一首顺口溜推荐来八仙的尊贵客人食用："浑身有刺味道美，清香益智壮精髓，君能品尝刺苞头，到此一游终无悔"。

八仙植物类山珍很多，这里仅介绍以上几种。

2. 动物类

①**钢鳅鱼**。又称钢条鱼、红尾鱼、红尾条鳅、花鳅等，八仙人称钢鳅子。是八仙地区的水中珍品，名贵天然野生经济鱼类，生长在海拔600—1200米之间的高山河流中。其形似鳝非鳝，似鲅非鲅，纤细修长，个头不大，长不过五寸，粗不过中指，重不过一两，干货几十甚至百十条才有一斤。头如鼠状，吻光而突，吻皮肥厚，全身光滑无鳞，无背鳍，有胸鳍、腹鳍各一对，尾鳍红而不分叉，其余部分全是黑灰色。从头到尾有排列整齐而清晰的黑色斑纹，背部两侧也布满斑

点；看上去仿佛是花豹，又像斑马，很像水田里的泥鳅。钢鳅鱼是一种穴居底栖性鱼类，常隐居于沙中，喜爱在高寒河溪中的岩石洞穴里群居。八仙地区海拔1200米以下的河溪中都有生长。每到春末夏初，天气转热，钢鳅鱼开始出洞觅食，产卵繁殖。这时它最肥美、嫩滑、清香，是捕捉的大好季节。每当霜降季节，天气变冷，钢鳅鱼便进入洞穴栖息过冬。

夏秋季节天气闷热，钢鳅鱼就会从石穴或沙粒中外出活动。钓钢鳅鱼不用钩，用一根短竹棍一头绑上用线串起来的河棉虫或蚯蚓，在大石旁石穴处，一手抓住放在水中的鱼竿，一手拿个竹篓篓，只要鱼竿一动，立即提起来放在竹篓中，必定会有收获。钢鳅鱼很贪食，最容易上钩。有时一次可以钓上四五条，爽快极了。夏天的傍晚后可钓夜鱼，暴雨过后麻浑子水可钓浑水鱼，这时钢鳅食欲最旺，是垂钓的最佳时机，也是钓者收获最丰的时候。有时个把小时就能钓好几斤，甚至上十斤。

钢鳅鱼身圆肉厚刺小，嫩滑如玉，味道鲜美，营养丰富。是高蛋白、低脂肪类的营养珍品，且具食疗补阳作用。《本草纲目》说："暖中益气，治阳事不起……"其食用方法多种多样，八仙地区最常见的吃法是，将钓到的钢鳅鱼剖除内脏洗净，放在铁锅里，慢火烘干，再用菜油炸熟，加上调料即可。这是最纯味的，其鲜香比腊肉还美，而且耐嚼。也许因此而名其为"钢鳅"。还有就是盐渍晒干备用。可以干煸麻辣味，也可与泡菜炒成酸辣味，还可以做成汤或是凉菜。原鱼清蒸是最具本色鱼味的。蒸时加些姜蒜、葱花、精盐、花生油、味精和料酒，用大火蒸上20分钟左右即可，其味清滑爽口，鲜美不腻，食之难忘。

②**野猪肉**。野猪，又叫山猪。秦巴山区分布较多，也是山区庄稼的头号大害。宋代《本草衍义》曾有记载："野猪，陕、洛间甚多。

形为家猪，但腹小腿长，毛色褐。作群行，猎人惟敢射猎最后者；若射中前者，则散走伤人。其肉赤色如马肉，食之胜家猪，牝者肉更美。"可见古人对野猪的分布，形态，习性，肉食利用等早有研究。

八仙地区野猪肉，是当地传统特产之一。每值秋冬，市上常见有卖，餐馆可品尝到野猪肉烹饪出的各种美味佳肴。现在野猪为三类保护动物，只有经过批准护秋时才可打猎。为了满足市场需求，已有人专门办起野猪养殖场，生意火爆。野猪肉营养优于家猪肉，经济价值也越来越高。其肉不腥不膻，味美香醇，鲜嫩耐嚼。瘦肉率高于家猪，肉质纤维较粗，富含蛋白质、脂肪、糖、钙、磷、铁及多种维生素和烟酸等。自古视为"山珍"，是野味餐饮的名菜之一。不论是炖、炒、烧、炸、烩、焖等多种做法，虽然风味不同，但都是味美鲜香的佳肴。

野猪肉不仅味道鲜美，营养丰富，而且有食疗保健作用。《本草纲目》介绍，它可主妇女下乳、悦色、除风肿毒疮、疥疮等皆有奇效。它的各个部位、器官，甚至粪便均可入药，能治多种疾病。野猪粪（结石）与牛黄一样同为珍贵稀有的中药材。主治金疮，止血生肌，疗癫痫，治血痢，痓病和恶毒风，小儿疝气等症。胆入药，有治惊风、明目、解热止痛、止咳、疗疮肿毒、烫伤等功效。尤其老人、妇幼、体弱之人，常食野猪肉，有增智益寿、健体之特效。野猪蹄子被称为大补之品，还是治下肢风湿的良药。健康人吃了，下肢生风；下肢浮肿或风湿病人吃了能祛风、祛湿、消肿。

野猪栖息于灌木林内，有时至林缘活动。夏季多栖于靠近水源阴湿地及杂草丛生平坦处；冬季多在邻近人片草塘处栖居。野猪肉的制作方法，与家猪肉大体相似。猎取到野猪后，将其宰杀、除毛，收拾干净，猪身可分部位切块。鲜食不用腌制，腌制的可以烘成干腊肉备用。

③麂子肉。麂子，又叫黄麂，八仙人称为麂子。王安石《字说》云："山中有虎，麂必鸣以告，其声几几然，故曰麂"。即以叫声而得名。

麂子为食草动物，它是麂类动物中形体最小的一种，形态优美，惹人喜爱。毛色为栗棕色或黄褐色，闪闪发光，非常美观。为了防御凶猛野兽的袭击，它具备快速奔跑的本领。麂子多生活在浅山丘陵地区、山麓林缘、低谷灌木丛、草丛之中。八仙地区的中低山区较多。喜欢独居，性情机警，胆小怯懦，奔跑如飞。体重约在15公斤。

我国早在先秦文献中，已有对麂肉的记载。《尔雅》中已有"麂"的记述。曰："南人往往食其肉，……其皮做履舄，胜于猪皮"。《调鼎集》中有"煨麂肉、炒麂肉、炙麂肉、蒸麂肉等多种食麂肉之法。"可见麂肉在饮宴中有相当重要的位置。麂肉入肴，多以烧、焖、炒、炖、卤等法为常见。其中以红烧鲜麂肉为佳。色泽红亮，食之醇香，酥烂浓郁，清淡适口。干品以卤为凉菜，或炒成酸辣味为多。干品筋道耐嚼，越嚼越香。

猎到麂子后，剥皮剖腹清除内脏，保留心肝、腰子等可食部分，分部位切块。四个麂腿是麂肉的佳品，麂子全身瘦肉，纤维较细，富于营养，是高蛋白、低脂肪肉类。食之醇香可口，风味异常。富含蛋白质、糖类多种维生素和微量元素。不仅营养丰富，且有食疗作用。《本草纲目》说，麂子肉性平，无毒，有治五痔病、补气、暖胃、祛风湿等功效。炸熟，以姜醋进之，效更佳。麂子肉是贵重菜，价值是牛羊肉的几倍，是八仙人招待贵客的珍品。

④野兔子肉。野兔，亦称草兔，山兔等。为何称为兔，《六书精蕴》云："兔子篆文象形。一云：吐而生子，故曰兔"。也有称其为"明视"的，《礼记》："谓之明视，言其目不瞬而瞭然也"。

野兔为哺乳纲、兔形目、兔科野生草食动物。八仙地区海拔1200米以下的浅山丘陵地区较多，生长在林区、荒山、草坡、川道农田中。毛色灰暗，背部暗色斑纹细密，体形较小，一般长38—58厘米，耳狭长，尾上翘，后肢显著长于前肢，门齿发达，上嘴唇有裂缝，腿大，这些特征和家兔相似。野兔不仅"狡兔三窟"而且还有"三变"，一年四季随着气候和野外颜色的变化变换其毛色。春天毛色较淡，呈深灰；夏秋毛色较深，黄褐色；冬季毛色较浅，呈沙黄色，是为了与季节变换后周围的环境颜色相似，便于隐蔽逃生。

野兔的听觉、嗅觉都非常灵敏，胆小狡猾。善于奔跑跳跃，遇到危险，疾驰如箭，稍纵即逝，转眼就无影无踪。兔子打洞时，一般留几个洞口，一个洞口被堵，便走其他洞口逃走，故有"狡兔三窟"之说。它虽胆小，略受惊扰，便逃之夭夭。但惹急了"也要咬你一口"，也有"兔子回头猛如虎"的说法。所以捕兔很不容易，必须掌握其生活规律，一般在清晨或黄昏时捕捉猎取较好。

兔肉细嫩鲜美，营养丰富，几乎全是瘦肉，易于消化，是餐桌上的美味佳肴。人们总结的，"飞禽莫如鸪，走兽莫如兔"是很有道理的。兔肉因脂肪少，故胆固醇低，蛋白质达21%，只比鸡肉低2%左右，比猪肉、牛、羊肉都高得多。还含有丰富的赖氨酸、色氨酸、矿物质、磷脂、烟酸等，对人体有多种益处。而且纤维细嫩，易于烹调，消化率达85%，自古备受青睐。宋代苏颂说："兔处处有之，为食品之上味"。梁代陶弘景指出："兔肉为羹，益人。"李时珍说："兔至冬月龁木皮，已得金气而气内实，故味美。"近代国内外公认它是肥胖者和心脑血管病患者的理想肉食。又因其不仅营养丰富，还含有较多的抗糙皮病维生素，能促进皮肤细腻，被称为"美容食品"。食兔肉可以使人们保持苗条的体态，又被誉为"健美肉食"。

猎取野兔经加工后，几乎全是精肉，所以无论采用哪种方法烹制，都宜多放些食油或与肥鸡、猪肉同烹，则更增鲜添香，美不胜收。

兔肉不仅是美味，而且具有多方面的食疗保健作用。中医认为，兔肉味辛，性平；具有补中益气，凉血解毒，止渴健脾，利大肠的功效；对于消渴羸瘦、胃热呕吐、便血等有一定疗效，其肉、胎、胆、胰、睾丸和小脑可治疗多种疾病。

⑤**野鸡肉**。野鸡又叫雉鸡，山鸡，学名称"雉"。野鸡有雄雌之分，雄鸡体形大于雌鸡，尾较长；雄鸡羽毛华丽，雌鸡羽毛灰暗呈砂褐色。野鸡善走不善飞。平时多栖于蔓生草丛或其他隐蔽植物的丘陵中，冬季迁至山脚草坡及田野间，觅食谷类、坚果、种子、昆虫等，时有祸及苞谷等庄稼。

野鸡肉质细嫩，味道鲜美，馥郁醇香，营养丰富。据测定，含蛋白质22%，比家鸡高3%左右；含脂肪0.1%—0.5%比家鸡肉低13.5%—13.9%，并含有丰富的不饱和脂肪酸，易为人体吸收。

野鸡的加工方法与家鸡差不多。野鸡肉不仅是美食，而且具有食疗作用。祖国医学认为，野鸡肉性味甘、酸、温，具有补中益气之功，对下痢、消渴、小便频数等有一定的疗效。《本草纲目》说它补中益气、止泻痢、除蚁瘘、脾虚、心腹胀满等症。《医林纂要》说它还有"益肝、和血"的作用。《医学入门》谓之能"治痰气止喘"。

我国食用野鸡历史悠久。郑国农的《周礼·天官》载："疱人供六禽，雉是其一，亦食品之贵"。屈原《楚辞》云："彭铿斟雉帝何飨"。相传我国上古第一位著名的厨师彭铿就曾烧过"野鸡羹"让帝尧品尝。西周时，用野鸡烹制的菜肴有"雉芗"等。《礼记·肉则》还强调，选择野鸡要用两趾间距宽的，因间距大，其胸必宽，胸脯肉也就丰满。唐《医食心鉴》曰："野鸡一只，治如食法。右细切，著少面，并椒、盐、葱白调和、溲作饼，炙熟，和醋食之。"可见当时烹制野鸡水平还是比较高的。宋代烹制野鸡是连骨带爪的，苏东坡曾有诗云："百钱得一啜，新味食所嘉。"把野鸡称为新味，需值百钱方可得一啜，其味是相当鲜美的。到清代野鸡肴撰更是丰富多彩。谢埔《食味杂咏注》说："北烹法，削野鸡薄片，置火锅肉汗酸菜羹中，色既白，食之味极佳矣；尚不如炭火上炙之，既以清酱盐物，蘸食更佳。"可见野鸡肉鲜味美，远甚家鸡，是从古到今久负盛名的野味。

四

八仙地区的特色小吃达数十种乃至上百种之多。如面面饭、苞谷糊涂、金银饭、烧苞谷咽核桃、苞谷浆粑饼、苞谷米饭、苞谷板糖、白蒿馍、嫩苞谷籽煮四季豆洋芋、南瓜洋芋汤、四季豆干洋芋、洋芋和碴、洋芋粑粑炒腊肉，洋芋糍粑、烧洋芋咽核桃、洋芋粉鸡蛋皮、干洋芋、苦荞饺子、苦荞粑粑、天星米粑粑、燕麦炒面、燕麦面拌汤、砧板肉、腊肉炖豆腐、花椒叶炒腊肉、菜豆腐等。这里就其中最具地域特色的几种记述如下。

1. 洋芋粑粑炒腊肉。 将腊肉煮熟（半肥半瘦最好）切片，现磨现煎的洋芋粑粑切成菱形或方形块状。肉片入锅略炒出油，加入葱姜、大蒜、花椒、干红辣椒（也可用鲜红辣椒）等调料煸香，将洋芋粑粑入锅混炒适度即可。红艳艳的腊肉和嫩黄鲜亮的洋芋粑粑，颜色就十分诱人。加上浓香的腊味，润滑舒适的口感，让人百吃不厌。这一特色美食肥而不腻，营养丰富。

2. 苞谷面面饭。 苞谷是过去八仙地区的主粮。先辈们为了调剂口味，创造了一种新鲜吃法，即用苞谷面蒸面面饭。把磨好筛干净的苞谷面倒在干净的簸簸箕里，加适量的水和匀，干湿为用手能捏在一起成坨为宜。然后倒在饭甑子或蒸笼里，放在加水的锅里大火烧二十分钟左右，再将半熟的苞谷面用筷子拨散，均匀地洒些水，干湿合适，拌均匀，然后蒸熟为止。这种面面饭香气扑鼻，散酥可口，风味独特。吃面面饭要小口细嚼慢咽，否则会被哽噎。同时应配上黄豆合渣或可口菜汤，更有味道。还有一种更好的苞谷面面饭叫"金银饭"或"蓑衣饭"，比单纯的苞谷面面饭更好吃。这种饭的做法：煮大米时，把滤了米汤水的大米饭坯里掺上适量的苞谷面，拌匀蒸熟即可。这种饭金黄亮色的苞谷面和白花花的大米饭混在一起，黄白相间，色泽鲜亮，像黄金白银一样，故称之为"金银饭"。这种面面饭，不仅颜色对照鲜明，而且有大米和苞谷的混合香味，更加味美可口，营养更加丰富。

　　3. 嫩苞谷籽四季豆洋芋汤。八仙的四季豆汤洋芋，是声名远扬的美食。原因是四季豆和洋芋都是高山自产的，生长期长，纯天然无污染，味道自然不一样。如果加上当地产的嫩苞谷籽，味道更美。这种美食的做法：先把四季豆和洋芋块用油盐炒入味，加清水烧开用文火清炖慢煮，快熟时将一掐就冒浆的嫩苞谷籽放进去，煮熟即可食用。四季豆和洋芋味道清香淡雅，苞谷籽脆嫩甜润，余味无穷。若配以大蒜辣子，味道更佳。

　　4. 烧苞谷咽核桃。把烧苞谷和核桃放在一起吃，这在别的地方是没有的，可以说是八仙先民的独创特色小吃。秋天把绿中带黄壳的苞谷棒子撕开，选一掐嫩浆直冒的苞谷放在煤炭炉子上小火慢烧，边烧边翻，苞谷籽受热膨胀，砰砰直响，苞谷皮炸开了花，清香应声而出。把炕脆的核桃米轻轻一搓，就去掉了皮，熟苞谷籽和核桃同时入口，触牙即碎，酥脆润甜，香气满嘴，原汁原味。核桃的清脆香和嫩苞谷籽的软嫩甜相得益彰，真是天然绝配！让人吃过一次，终生难忘。

　　5. 燕麦炒面。燕麦，又名雀麦，莜麦，当年生植物。叶子细长而尖，花绿色，小穗有细长的芒，颗粒细长，表面有绒毛。燕麦的种植方法很简单，秋季，把麦种均匀地撒在坡地或新烧的火地里，用锄头把地锄一遍即可。既不用犁地、锄草、施肥，更不用灌水，农民称其为"懒人庄稼"。

燕麦含丰富的蛋白质、脂肪和可溶性纤维、维生素、无机盐、微量元素等，营养丰富，是世界公认的营养价值很高的粮食作物。燕麦收回家晒干后，用清水洗净，晾晒将干时，放在铁锅里小火慢炒，至色黄熟脆为宜，然后加工成面粉，即燕麦炒面。吃法多种多样。一是干吃，在炒面里加适量的糖，拌匀后用勺子舀着吃，干吃要小勺细嚼慢咽，否则一口吃多了，唾液不能将其湿润，不易吞咽，甚至呛着。二是把加糖的炒面用适量开水搅拌，使其成为大小不等的疙瘩，这时食用，又香又甜，柔软滑腻，别具风味，老少皆宜。三是燕麦面拌汤，将燕麦面拌成细小的疙瘩，下油汤里，加适量的小白菜或酸菜，比小麦面拌汤更有味。四是炒肥肉，用燕麦面和肥肉一炒，肉面上黏附上一层面粉，肥而不腻，是农家饭桌上的美味佳肴。五是燕麦面蒸肉，用燕麦面垫底的蒸肉，也有别样的味道。

6. 天星米粑粑。将天星米面用温水调成糊状，煎成软饼，切成各种形状的块状。既可加糖炒着吃，也可用蜂蜜蘸着吃。其味香甜、柔软、糍糯。天星米还可以洗净炒熟后，将苞谷板糖融化淋入其中，反复拌匀拍压成形，凉冷后切成糖块，味极佳。天星米富含多种维生素，可增强体质，提高免疫力。由于天星米适宜在高山地区生长，加之产量很低，现在已很少有人种植，可惜这种美食已成为稀有珍品。

7. 苦荞粑粑。将苦荞面和少量面粉加入鸡蛋后搅成糊状，发酵后在铁锅里煎成饼，或用电饼铛烤熟即可。这种饼微苦爽口，清香开胃。苦荞营养丰富，有"长寿食品"之称。据测定，苦荞面粉含蛋白质11.9%，脂肪2.4%，碳水化合物72%，含有19种氨基酸；纤维的含量也远远高于大米和小麦；脂肪中 9 种脂肪酸多为不饱和的油酸和亚油酸；还含有钙、磷、铁等 10 多种营养元素和丰富的维生素。其中大量的维生素 E—生育酚，对不孕症和防衰老有明显作用；烟酸、卢丁也很丰富，比小麦高 3—4 倍。卢丁是软化血管，防止脑出血和保护视力的重要成分。综上所述，苦荞粉具有凉血解毒、消积化滞、抗血栓塞、降血脂、血糖、尿糖等疗效。同时还能治疗肾虚、视网膜炎、肥胖病、绞肠痧、杀灭肠道病菌及预防微血管脆弱等症。中医认为苦荞性甘温，味苦，用作降气泻火，舒胃止痢，外用治丹毒、疮肿等症。还有许多资料证明，苦荞还有较好的抗癌作用。

8. 地米菜饺子。地米菜，八仙又叫地妹菜。是一种当年生野生植物，春秋两季都有，适应性强，高中低山都能生长。属纯天然无污染野菜。地米菜的吃法很多。可以洗净做鲜汤，也可以开水潦好凉拌或小炒味道都很鲜美。具有其他蔬菜所没有的一种特殊的清香味，十分诱人。地米菜饺子的做法也很简单，将地米菜洗净切碎，鲜嫩的根也不能丢弃。和肉泥及少量佐料拌成馅，用麦面粉饺子皮（或荞麦饺皮）包成饺子即可。最好是现包现煮，其味润滑柔软，清香浓郁，鲜美可口，营养丰富。

9. 四季豆米米炒酸菜。把四季豆米煮熟空水，将油烧，放入葱姜蒜、少许红干辣椒和花椒煸香，放入切细的酸菜（最好是野油菜泡的酸菜）爆炒，然后加入四季豆混炒，浇少许高汤炒匀即可。金黄色的野油酸菜配上多种颜色的四季豆米，闻到的是芳香扑鼻，吃起来酸辣爽口，开胃润肠，激发食欲，别有风味。其营养价值也很高。

10. 砧板肉。八仙的砧板肉，当地又叫磳板肉。关键是要地道的八仙腊肉，因为八仙腊肉的选料是当地的猪肉，腌制熏炕也很讲究。制作砧板肉，根据食者的口味，年长者可选用半肥半瘦的肉材；年轻者喜欢吃瘦肉，就要选瘦多肥少的腊肉。把腊肉加点花椒，干红辣椒（也可不添加任何佐料）煮熟后，趁热切片，蘸豆腐乳吃。让人看到色泽鲜艳，垂涎欲滴，闻到香气扑鼻，吃到油而不腻，微辣微咸，越嚼越有味道，回味无穷。

11. 腊猪蹄炖豆腐。将腊猪蹄洗净剁成块加水，大火烧开后，文火慢炖烂熟，加入豆腐块。待豆腐块内成蜂窝状，放入蒜苗即可。焖香微咸的猪蹄，使豆腐完全入味。猪蹄的腊香味和豆腐的清香融在一起，形成独特的混合醇香，不仅口感特好，而且益气生血，养筋健骨，老少皆宜。

五

八仙地区的饮食习俗，与历史上多地的移民，独特地域环境，丰富的物产以及改革开放以来，人们注重回归自然、环保、生态养生紧密相关，具有明显的地域特征和时代特征。这里侧重对历史上的一些饮食文化习俗作以简略阐述，也许是挂一漏万，意在传承发展，抛砖引玉。

1. 席面。八仙人自身的生活向来以俭朴著称。但在待客上都很讲究，很厚道。即使在困难时期，前门来客，后门借米也要把客人待好。重大喜庆或尊贵的客人到来，要正规的待客，要有正规的席面。传统的席面有"八大件""四大六小""五马踏四营"等。"八大件"（俗称撤碗子）

先上九个坐碗（盘）（也有八个坐盘的），然后依次上四蒸、四炒（大碗或大盘）。吃完撤走一碗，再上一碗，故又名撤碗子。先上的坐碗子，一般是荤素颜色搭配，一样一半，也有同时上一个炖菜的。主要根据客人的习惯和主人要求确定。接着上四个蒸菜，有条子肉、肘子肉、蒸大酥（或小酥）、蒸鸡块等。都是用洋芋、盐菜或豆腐块垫碗。四个炒菜（也可与四个蒸菜交叉呈上）都是用荤菜小炒，因为八仙有"萝卜、白菜不上席"的传统习惯。觉得太普通了，有对客人不尊重之嫌，没有面子。现在由于人们普遍重视养生，已演变为荤素搭配，甚至以素为主了。一般是洋芋片炒腊肉，洋芋粑粑炒腊肉，豆腐炒瘦肉，干鲜四季豆炒肉片或肉丝，干萝卜丝炒肉片或半边菜炒肉丝，酸天蒜炒肉片，洋芋丝炒肉丝等。八大件的蒸碗比较讲究，过去蒸条子肉块块较大，一般小指头厚，一拃长，每碗八到十块（基本上是一人一块略多）。肘子肉是菱形或方块状，块头较大，八到十块，也是一人一块略多。蒸酥肉，大拇指厚，两寸左右长，也是一人一砣略多。

"五马踏四营"。这席面听起来有古时骑马带兵、部营开仗的味道。也许就是那时候传承下来的，可见历史悠久，顾名思义，是指席面上的几道主菜：五样蒸菜（也有四道蒸菜一个炖菜的），四道炒菜。先是上齐坐碗（盘）。过去生活水平低时，坐碗一般是自炸的馓子、果子和自制的糖块，以及自产的核桃、板栗等九样。现在生活水平提高了，也改成四荤四素的凉盘和酸辣汤九盘了。五盘蒸菜和四道炒菜与"八大件"席面的蒸炒菜大同小异，各有千秋。

八仙自家人聚餐，无论是平时还是节庆期间，不讲排场。菜品以自有的食材为主，不过多讲究按席面制作，注重实惠可口。大多以炖、蒸、炒为主。尤其是冬季，由于海拔较高，气候寒冷，基本上不作凉菜。这也是至今未改的良好生活习惯。

2. 节日(饮食)习俗。这里主要叙述农历一些重大节日的饮食习俗。

除夕。这一天是年末岁首除旧迎新之日，全家老幼聚在一起吃"团年饭"。"团年饭"非常隆重，家有老人的在外工作的后人，只要勉强能脱身的，都从四面八方赶回家，陪老人过年。这顿饭很讲究。首先是把家中尽有的好东西都做成饭菜，品种越多越齐全越好，尤其要有鸡和鱼。表示"五谷丰登，吉祥有余"。其次是举行简单的祭祖仪式，然后按长幼入座就餐。就餐前还要放鞭炮以示喜庆，餐后老人还要给儿、孙们发压岁红包（压岁钱）。现在生活习俗逐渐改变，从实际出发，根据吃团年饭人数的多少制作饭菜，尽量避免浪费。除夕要上山祭祖坟、上亮点香、烧纸钱、放鞭炮。家里的炭火要加得大大的，有"三十的火，十五的灯"的习俗。全家人围火而坐，吃点晚点或糖果之类的东西，一起守岁。欢庆娱乐，彻夜不眠，辞旧迎新。"共欢新故岁，迎送一宵中"。以求在新的一年里大喜大顺，谓之"一夜连双岁，五更分二年"。年长者身体状况好的也等过十二点放"送年"鞭炮后，才去就寝。

春节，古代称"元旦"，"元旦"是重要的传统节日。我国人民过春节，可上溯到尧舜时代。到汉武帝时，确定以农历正月初一为春节至今。辛亥革命后，我国采用公历纪年，改称"春节"。阳历元月一日称为"元旦"，农村一般从初一到初三过三天年。特别是初一，新年的头一天，家家户户挂灯笼，贴春联、门画，点蜡烛，放鞭炮，走亲戚，十分热闹。一派"爆竹声中一岁除，春风送暖入屠苏，千门万户瞳瞳日，总把新桃换旧符"的新气象。亲朋之间相互拜贺，主家必须设宴款待，席面丰盛。猜拳行酒，追欢竟日。春节头一顿饭要吃水饺，名曰"元宝"，吃了饺子，就可"得宝"。过去有的地方还有正月初五之内不能用五谷煮新鲜饭的习俗，都吃除夕时做的饭菜。意在让五谷和人同时休息过年，以求当年"风调雨顺，五谷丰登"。现在这种吃剩饭的习俗早已不复存在。

元宵节。正月十五是"元宵节",又称上元节,元夜灯节。相传,汉文帝为庆祝周勃于正月十五平息诸吕之乱,每逢此夜必出宫游玩与民同乐。古代夜同宵,正月又称元月,这一天要吃"汤圆",也叫元宵。晚上要祭祖。十五也是传统的"灯节",各家各户灯火辉煌,通宵达旦。太平盛世,各级组织或百姓自己组织闹花灯,到有场地的农户或机关单位玩灯拜年,各家户或单位迎灯也有讲究。要给组织者打赏,封红包或送礼品,图新年大吉大利。

清明节。清明一到,气温升高,桃红柳绿,春光明媚,空气清新,景物鲜明,故曰"清明"。我国传统的清明节,大致始于周代,已有2500多年历史。这一天一般在公历的四月四日、五日或六日。在节前或节后三天(也有五天的)内,带上祭品和用纸做成的"清明吊",前往坟地扫墓挂清,祭吊亡故的亲人。家人和亲友也要聚餐一顿。

端阳节,又称"端午节"。沿袭农历五月初五,纪念伟大的爱国诗人屈原的纪念日。传说屈原投江以后,当地人民伤其死,便驾舟奋力营救,因而有端午赛龙舟的风俗;又说人们常放食品到江中致祭屈原,但多为蛟龙所食,经屈原托梦的提示才用竹叶包饭,做成后来的粽子。五月初五当天,人们要吃粽子,喝端阳酒(雄黄酒),在酒中加少许雄黄,以示除毒避邪,防腐治病,现在已不再喝这种酒。小孩要带香包,各家各户门两边挂艾蒿和苍蒲。

七月半,农历的七月十五,又称"亡人节"。有的地方称"中元节""鬼节"。下午家中设酒席,上方和左右两边按规定虚设三座,筷子架在碗上,桌下设香炉,依次叩拜,呼请列祖列宗入席,名曰"叫饭",而后入席先酒后饭。傍晚,在院坝用草木灰按已逝的先辈人数画若干个圆圈,每圈内烧纸钱供奉,点名某某先辈收用,另外在门前路口烧些零纸钱,晚上不晾衣服等禁忌。

　　中秋节，农历以七至九月为秋季，八月十五是在秋季的中间，所以叫"中秋"。古时还有月夕、秋节、八月节，追月节、玩月节、拜月节、团圆节等多个称谓。到北宋正式定八月十五为中秋节。据说此夜月球距地球最近，月亮最大、最圆、最亮。所以自古至今都有宴饮赏月的习俗，八仙也传承了这一习俗。中秋之夜，皓月当空，银光万里，人们仰望高挂天空皎洁的明月，自然会联想到与家人的团聚，故又称"团圆节"。当天家人团聚就餐饮酒。晚上，在所设的"月光位"，"向月供而拜"。备上月饼、瓜果、好茶全家围坐一起，吃月饼，品茗茶，赏明月，共享团圆之乐。兴致高了，也会传杯洗盏，把酒言欢，饮一番赏月酒。

　　重阳节。农历九月九日，两九相重，是为"重九"。《易经》认为"九"为"阳数"，亦称"重阳"。古时候，人们对重阳很重视，曾有登高远眺，插茱萸把酒赏菊或饮菊花酒的活动。有一首诗就是很好的写照"独在异乡为异客，每逢佳节倍思亲。遥知兄弟登高处，遍插茱萸少一人"。农村当然没有这种情趣，但这一天民间也很重视，所以必定要吃酒米糍粑。新中国把"重阳节"定为"老人节"，用政府行为，表示对老年人的尊重。不少单位在老年节还组织对老年人的慰问，或召集回单位座谈聚餐，以示庆贺。但民间的饮食习俗如旧。

　　腊八节。每年农历腊月初八，各家各户都吃"腊八饭"（或腊八粥）。此节是由传说演变而来。传说此日是释迦牟尼成道之日，牧女献乳糜。取香谷、果实等造粥供佛。演变成腊八节，也有一年终了，喜庆丰收之意。节日当天，把家中尽有的多种谷物，加上肉丁、干果等（八样以上），一起煮成粥，除自食外，还馈赠至亲厚友和左右邻居，大家共同享用。

　　过"小年"，每年腊月二十四日，农户要过"小年"。"长工短工，腊月二十四满工。"这天以后，农户再不安排农活，专事准备过春节。先是要打扫卫生，"刷扬尘"，同时要比平时加几道菜，一家人团聚一下。晚上要祭"灶司老爷"，呈列素食供品，乞求"灶神上天言好事，下界降吉祥。"

3. 红白喜事饮食习俗

①**婚嫁食俗**。少男少女到了谈婚论嫁的年龄，介绍人（旧时称媒人）牵线到女方家中提亲（现在虽为男女方自由恋爱，但一般传统的家庭也要走这道程序）。女方若有意，择日到男方家里看家境（旧时称"看家儿"），男方要设宴款待。如果男女双方均相中对方，双方商定，择黄道吉日订婚。男方要给女方购置衣服等，到女方家，女方置办宴席招待客人，叫喝"订婚酒。"时值农历过年，女婿要备礼品（根据女方要求准备），到女方家及房族、亲戚家"过门认亲"，对长者随未婚妻称呼谓之"改口"。到谁家，都设便宴招待。（也有结婚后过门认亲的）。结婚的前一天，女方家的亲朋到女方送礼，名曰"填箱"，女方设宴席招待（现在也有男女双方的客人，在结婚之日，到酒店或农家乐一并招待的）。迎娶新娘之日，男方要根据女方送亲人数和送礼人数置办宴席待客。婆家送亲的人称为"上亲"，不分长幼一人一桌宴席（上席），现在也有分男女上亲两桌围坐或一桌同坐的。其余客人由支客安排就座。婚礼仪式有"拜天地"，"拜高堂"（父母）、"夫妻对拜"及"喝交杯酒"等程序。宴席进行到"肘子"上席后，新郎新娘在支客先生的带领下，从"上亲"席开始依次一一敬酒、奉喜烟、喜糖等。敬酒讲究"喜事成双"每人要敬两杯。现在为了节省时间，除"上亲"席单个敬酒外，其余各席一次散两杯即过。为了表达男方对"上亲"的尊重，陪上亲的陪客选择男方单位的领导或房族亲戚中德高望重的长者，或有名望有地位且酒量大的人。一定要想方设法把上亲陪好，过去非要陪醉几人，现在恰到好处为止。如

上亲中有酒量大的人，其他席上男方的客人也要主动前去敬酒。夜间，同学同事和街坊邻居中的年轻人要"闹房"。新房内备有糖果，酒水等。"闹房"的人出节目，说笑话，要求一对新人做动作或讲述恋爱经过。弄得不好，还要打趣罚酒，热闹非凡。婚后的第二天，女婿家要置办酒席，请岳父母来家做客，叫"过门"。第三天新娘携新郎回娘家，称之为"回门"。娘家设宴招待，饭后当日要返回婆家，不得在娘家住宿过夜。娘婆两家相聚遥者，是在新婚"蜜月"满后，才回娘家，女子可在娘家住一月，女婿也可宽限多日或夫妻一同返回。

②**分娩食俗**。新婚夫妇添小孩后，女婿要及时向岳家报喜。娘家会送鸡、鸡蛋或其他营养品、小儿衣被等物。亲戚朋友也闻讯前来送礼贺喜，称之"送汤"。对零星"送汤"的客人，一般都用鸡蛋、甜酒招待，或就便餐。满月时，要备满月酒，招待亲戚朋友，叫"做满月"。孩子满周岁时，又要备宴"做岁岁"，并举行"抓周"仪式。即将许多象征职业的物件，如纸笔书籍、算盘、小剪刀、玩具等置于桌上，让孩子随意抓取，以孩子先抓的东西来判断孩子长大成人后的职业前途。

③**寿宴食俗**。在八仙，无论大人小孩过生日，都要改善生活。即使在生活困难时期，哪怕是单独给过生日的人下一碗加有荷包蛋和肉类的面条，以示重视。成人过生日，36岁尤为重视。意在冲淡"三十六，结巴头"的忌讳，能够健康顺利，万事如意。在满三十六岁的前一天亲戚朋友，同学同事，前往家中，放鞭炮送礼品，以示恭贺。生日当天，或择日主人要备寿宴酬谢。宴席气氛要热烈，猜拳行令，饮酒作乐，越热闹越好。农村也有家有长辈的，晚辈不庆寿或不到花甲不庆寿的习惯。老年人逢60岁、70岁生日，晚辈或同辈也要去祝寿。有的同辈中的长者甚至长辈也去祝寿，以示关怀。主人或主人的儿女要操办寿宴。席间备有寿桃和寿鱼，现在也有的备生日蛋糕的，席间在

生日蛋糕上插上蜡烛，由寿星一口吹灭后，大家分食蛋糕。先奉寿星，再按长幼、宾主分别奉食。晚辈为寿星献唱"生日歌"，烘托热烈气氛。寿宴以寿星为尊，大家轮番敬酒。晚辈还给寿星专门备有一碗又香又软的臊子面，双手奉献给老人，称为"长寿面"，意为恭祝老人"福如东海，寿比南山"。

④**丧葬食俗**。丧葬礼仪是人生礼仪中最后的一件大事。对于正常死亡的老人，八仙称为"白喜事"。晚辈在哀悼尽孝的同时，对前来吊唁及帮忙处理丧事的亲友要置办宴请。

举丧期间，凡是帮忙和守灵人员时过午夜后，都要管一顿便餐。唱孝歌的乐班子，要单独备一桌酒菜招待。送灵柩归来后，所有帮忙的、唱孝歌的及参加送灵的人员，主人要设宴招待，宴请的档次低于红喜事。席间孝子们集体向客人鞠躬致谢，主人为每位客人斟一次酒，以表谢意。客人可以饮酒，但一般不相互敬酒，宴席的过程和时间相对较短。第三天"园坟"时，孝家及个别至亲要备几道菜品糖果、酒水、纸钱、鞭炮等在坟前，除祭奠亡者外，其余部分就地分食，小孩们抢食糖果。当时吃不完的带回家去，与未参与"园坟"的家人分享，图全家吉利。

⑤**日常饮酒习俗**。这里所说的饮酒习俗是除前面所列举的多种食俗之外的日常习俗。由于八仙地区居民历史上多为湖广移民迁徙而来，四面八方的移民，把祖籍地的饮食文化（包括酒文化）带到这里。加之独特的地理位置的影响，使各种饮食文化在这里交融发展、演变、延续至今。也由于人的一生中，大多数日子都是平淡无奇的，而酒，又是维系友情的纽带，是其他物质所替代不了的。俗有"无酒不成礼仪"之说。因此，在日常生活中产生和传承了许多的酒俗就不足为奇了。诸如：建房酒。建房子，是人生中的大事和喜事。因此建房过程中，有几顿酒是必备的。奠基酒，农村建房破土动工时，要备"奠基

酒"。选择黄道吉日，请工匠开工建房，主人要根据人数的多少，设酒宴招待所有帮忙人员。旧时土木结构的房子，土墙以后檐墙的高度平圈时，要喝"平圈酒"。封垛上梁时要放鞭炮喝"上梁酒"，上梁酒是土木结构房子的最后一道工序，也是最重要的工序。因此，"上梁酒"比较隆重，选良辰吉日，设宴饮酒。主人至少要备三桌酒席，正中一桌祭祀鲁班，其他两桌分别祭祀天地。上梁仪式结束，酒瓦完工后，主人请所有参加人员入席享用，以表达主人的诚挚谢意。

搬家酒。入住新房，也是一家人的乔迁之喜。搬家这天，主人要设酒宴对帮忙人员和前来恭贺的客人致谢。

宴宾酒。宴宾酒的名目很多。有朋自远方来不亦乐乎，于是为远方来客置洗尘酒，接风酒；有朋远行，表示祝愿和惜别之情，置办饯行酒，送别酒。这类宴宾酒，因为事先有思想准备，提前几天相互约定时间，置办酒菜，所以一般较为正式，隆重。醇香美酒，丰盛菜肴，仍然比不上席间主客双方的浓烈友情。由于人熟情深，这种场合又比较随和，话题随意，有时酒菜也不必十分讲究，主人不会因菜肴简单而过意不去，客人也不会产生被怠慢的感觉，俗有"怪酒不怪菜"的说法。

谢罪酒和罚酒。朋友相处久了，难免无意中伤害对方的时候。聪明和敢于担当的人一旦明白过来，就会找机会主动办谢罪酒，向对方坦诚地谢罪认错道歉。主动罚酒三盅，以表谢意，对方也会陪酒，对饮释前嫌，言归于好。

和解酒。人与人之间，亲戚邻里之间，总会因某些事情产生矛盾和纠纷，但又要经常见面，打交道合作共事。双方不希望矛盾和纠纷激化，或是请中间人出面调解，或者一方主动出面化解。等双方都冷静下来，矛盾和纠纷基本平息，邀请对方及和解人赴宴，称之为和解酒。双方把酒言和，表示过去的事就让它过去，不再计较，一笔勾销。

开业酒，分红酒。在八仙人的概念中，把事业看得很珍贵，它的诞生、成长和生命一样，其中的每一个发展亮点都值得庆贺。于是又有了所谓的"开业酒"和"分红酒"。店铺开张，作坊开工时，老板会置办酒席志喜庆贺，这叫"开业酒"。当合作或合股的店铺、作坊年终盈利，按股份分红时，所办的酒席，则叫"分红酒"。

接春客。春季象征着新的一年的开始。一年之计在于春。春季开局好了，一年四季，如春风得意，顺风顺水。春节期间，亲朋邻里之间要相互拜年做客，吃转转席。但总有一部分亲朋好友，春节期间阴差阳错，不能在一起相聚，于是就有了接春客的习俗。主人要择日把应该到位的亲朋好友约到一起，置办"春客酒"。宾主在一起叙旧畅饮，互致新春的祝福，展望新的一年的各种美好愿景。

农忙酒。庄稼种植面积大的农户，每逢下种、栽秧、锄草、收获季节，都要置办酒席，请数人乃至数十人，突击完成农活。在季节内，选择好日子，提前挨个请人。按照人数多少，准备好酒菜，顿饭成席。早点、午饭、夜饭，热情招待，尤其是晚饭。劳作一天之后，要招待客人饮酒解乏。直到酒醉饮饱，客人主动辞杯，方可散席。这里尤其值得一提的是薅苞谷二道草"打锣鼓"和"喝栽秧酒"。打锣鼓是薅草时请来歌把式，在地头上两人一班，摆开架势，一锣一鼓，一人一句地唱歌。每句落腔，锣鼓齐鸣，声音洪亮，鼓舞士气。其内容大多是组织指挥劳动队伍注意安全，保护庄稼，提高效率。也有宣传党的政策，说古传书，打趣说笑话，激发劳动热情的。这种场面热闹、壮观、有趣，把娱乐和劳作有机结合起来，劳动热情空前高涨，效率大大提高。主人晚饭席面也很丰盛，饮酒猜拳，热闹非凡。栽秧酒，是指水稻栽秧时不仅请来栽秧把式，还借机将出嫁的姑娘和亲朋好友接来，置酒招待，共同庆贺安苗下种的农耕喜事。

杀过年猪。旧时杀过年猪，是八仙地区特有的习俗，吃泡汤，喝泡汤酒。时至今日，边远地区农户仍保留着这一习俗。在物质条件极差的年代里，八仙家家户户都养猪，素有"穷不丢猪，富不丢书"的说法，把养猪与重视文化教育放在同等重要的位置。那时，猪是农家的宝贝，有时，孩子上学，要靠猪肉卖钱做"学费"。一家人一年的油、肉，也指望着把猪养肥养大。哪家猪养得多养得肥，大家都很羡慕。到了冬、腊月进九之后，家家户户都在准备过年货，这期间，也是杀过年猪最好的季节。因为气候寒冷，猪肉多腌几天也不会发臭。杀过年猪要事先选好吉日，请杀猪匠的同时，邀请邻居和亲朋好友到家里作客。邻里之间平日里有什么磕磕碰碰，一顿泡汤酒喝了也就烟消云散。喝泡汤酒实际上也就是乡村的一种展示劳动成果，分享收获的喜悦，增进和谐和友谊的酒宴。

其实八仙地区的酒文化积淀深厚，酒习俗也丰富多彩。随着经济社会的发展，物质条件越来越好，又衍生了许多新的具有时代特征的酒俗。比如哪家购置了运输车辆、机械或家用小汽车；哪家有孩子参军入伍或工作就业；哪家的孩子高考金榜题名等。亲戚朋友都要去庆贺。主人就要置办"购置酒""入伍酒""就业酒""金榜题名酒""谢师宴"等酒宴，分别答谢前来庆贺的客人和恩师。在此不再一一赘述。

⑥**饮茶习俗**。八仙地区生产的饮品，主要有八仙云雾茶、银峰茶、毛尖茶、苦荞茶和绞股蓝茶。从文化的角度讲，产茶、制茶、饮茶等属于茶文化的范畴。茶文化从晋、南北朝开始萌芽，唐朝开始兴起，有了茶圣陆羽所著世界第一部茶叶专著《茶经》问世，对于茶文化的发展具有划时代的意义。茶始有字，茶始成书，茶始销世，茶始征税。茶文化从宋代兴盛，到了元明清，中国茶经济开始向世界传拓。新中国成立后，茶文化、茶经济更是长足发展，长盛不衰。历代文人雅士、茶人，对茶文化有许多专门的研究和著述。本人对茶文化知之不多，更谈不上研究。因为写八仙饮食当然不能缺少饮茶，因此地域文化中

由于主题和篇幅所限，本文无意也不必对茶文化中茶道与儒家思想，"茶禅一味"的道家茶理，"天人合一"的道家茶思想，以及茶之境界（环境、艺境、人境、心境）、茶与诗词、茶与美术等进行阐述。这里只就八仙地区地域文化中，民间饮茶习俗作一简要概述，以求"饮食之全"。即使如此，仍有可能有不少疏漏，敬请见谅。

八仙人世世代代都有饮茶的习惯。在物资紧缺的年代，尽管茶叶稀缺，但饮茶者总是千方百计从产茶区购来茶叶，哪怕是次品、老叶子茶，也要满足需求。那时人们饮茶只是一种习惯、感觉或经验，并不知道茶叶的营养价值和功能。直到平利把茶饮作为产业来抓，从事这项产业的工作人员、企业老板和文化人，才开始研究了解茶叶的营养价值和功能。研究表明：茶叶中含有蛋白质和氨基酸、茶多酚、咖啡碱、碳水化合物、色素、有机酸酯类物质、维生素、芬香物质、皂苷类物质、矿元素等多种物质。这些物质大多数是对人体有益的。而对健康不利的元素不仅含量小，而且难溶于水。茶叶的保健功能是多方面的。如：生津止渴、消热解暑；利尿、解毒；益思提神；坚齿防龋；增强免疫、延缓衰老；杀菌抗病毒；降脂减肥；降血压、预防心血管疾病；消臭、助消化；降血糖，预防糖尿病；明目、治疗眼科疾病；保护肝脏；防止坏血病、抗辐射、抗过敏、抗溃疡、益智、利于身心健康；治疗腹泻与便秘；抗癌抗突变等，这些都说明人们的感觉和经验，与现代研究是高度吻合的。

保存茶叶。过去八仙地区并不产茶。真正较大规模的兴茶是从七八十年代开始。在没有茶叶的年代里，茶叶是稀有之物，只有家庭条件较好和德高望重的老人，才有资格喝茶。为了保证老人喝茶，孝顺的子女总是在产茶季节，或亲自到产茶地为长辈购买，或请亲友在产茶区代购。买回来的新茶，总是像宝贝一样，用几层皮纸一包一包地封好，放进专门装茶的篾篓中，周围放几截干木炭，挂在楼枕或猫儿梁上。或保管在专用的陶瓷罐内。保证茶叶的干度、新鲜度，不扯潮、不变质。七八十年代以后，八仙产茶多了，除少数边远地方的老人仍保留传统的保存茶叶的方法。大多数地方的人们收获或购买了茶叶，都会到专卖或包装店采用真空包装，塑料袋封存，确保茶叶的质量。家庭条件好的，更是用上了专用的小冰箱、小冰柜。保存的茶叶一年半载也新鲜如初，保证一年四季能喝上好茶。

百姓饮茶。无论茶叶多少，八仙人中善饮茶者，也多有讲究。老者，早晨五更天就起床，把炉火烧得旺旺的，生铁壶里的水烧开，用一块干净的铁片（或瓦片）放在炉边烧热，抓一把本来很干的茶叶放在上面，待烘出香味后放进搪瓷缸中，或直接用搪瓷杯将茶叶烘干出香，把盛有滚烫开水的铁壶高高提起，壶嘴对准茶缸冲泡下去，让水在其中冲着茶叶翻滚，倒满不溢为止。如果是直接用缸子炕茶的，水冲泡进去，还会发出嗞嗞的欲人响声。然后吹掉浮沫，盖上盖子后捂住，少许茶泡好了。老人们一口一口，一遍遍地喝，直到把茶水喝清。如果中途有事耽误，茶缸中的茶母子要留够，不能喝干了，待事毕继续将这碗茶喝清，这是喝早茶。茶叶少时，也许一天就这一碗，不再另泡。如茶叶充足，待日头当顶和睡前，会如法炮制，一天三碗，雷打不动。有人说喝了晚茶会兴奋睡不着觉。而有茶瘾者，不喝晚茶才睡不着觉。老人们喝茶的缸子也是有讲究的，无论啥时，外观都是用灶膛里的小灰擦洗得干干净净，但在过去里面却是一层黑油油的茶垢，一般不能动。据说是为了防止哪一天没有茶叶了，冲上开水也有茶味，也能过过茶瘾。现在条件好了，茶叶多了，不仅老者，大多数中青年人也有了饮茶的习惯，成了生活的必需。而且越喝越讲究，档次越来越高。茶叶要春茶、明前茶，有的还只喝地产茶、品牌茶，讲究："形、色、香、味"四佳。茶具有玻璃杯、搪瓷杯、陶瓷杯、紫砂杯、保温杯等。老人们茶缸里外都是干干净净的，里面的茶垢也不用再保留了。烧茶的铁壶也换成了不锈钢壶或电热水壶。电壶里的开水都是满满的，随时可以泡茶。家境富裕的还专门有饮茶室和高档的专用茶具。

待客奉茶。八仙人厚道好客。过去无论秋冬两季，家里都烧着大炉的煤炭火，随时都有滚烫的开水。一旦来客，主人就会热情地将客人邀进屋，泡茶招待。如果家里没有多余的茶杯，抑或客人不多，主人往往只泡一杯茶。这一杯茶先双手奉送到长辈或同辈中年长者手中。若是来了干部，就先敬官位高的。第一位接到茶的人，讲礼节的不是端起来就喝，而是顺手一一递上一遍，谦让之后，才轻轻地呷上一两口，再快速地用手把杯沿轻轻一抹，以示讲究卫生，然后递给下一位客人，轮流喝上几遍。家里杯子充足，以致后来一次性茶杯普及之后，则是有多少客人就要泡多少杯茶。一人一杯，不能少泡。哪怕客人一口不喝，但礼节必须到堂。

农忙或请人办事客多时，主人会用大茶壶（农村叫茶篓）泡上壶茶，再放上一摞窖碗（现在是一次性茶杯），在田间或工地或小桌上。主人或者管茶水的人先酌上一遍，然后让客人们自酌自饮。隔段时间茶淡了，再换上一壶，循环往复，不能断茶。即使单位来客，其待客饮茶方式也和民间大体相同。设宴请客时在没有正式开席之时，也要先奉上一轮茶水。宴席结束客人未离开之时，还要换一轮新鲜茶水以示对客人的尊重。

饮茶的种类。过去八仙地区百姓所饮茶类很单一，就是绿茶，是炒青绿茶。没有蒸青、烘青和晒青绿茶。而且大多数老百姓喝的都是档次不高的，二宛子、老脚片（老叶子茶）。能喝春茶、明前茶和家园茶的，都是家境宽裕的老者，或者有亲朋好友在茶区自产的作为珍贵礼品送来的茶叶。自从八仙大量兴茶产茶后，喝茶的品质普遍提高了，而且茶类也增加了。地产的作为保健养生的绞股蓝、苦荞茶也很常见。随着交通条件的改善，物流的发达，对外交流的发展，中国名茶中的乌龙茶、黑茶、红茶、黄茶、白茶、普洱茶以及紧压茶类，萃取茶类，保健茶类，果味茶类，花茶类，也偶尔有见。

这里特别值得一提的是八仙绞股蓝茶。这是 20 世纪 80 年代开发出来的新饮品。八仙地区的气候条件生长的绞股蓝，其品质明显优于其他产区。研究表明，八仙绞股蓝内含皂苷、黄酮、多糖、磷脂、氨基酸、维生素、常量和微量无基元素等多种活性成分，其皂苷成分就有 83 种，总含量是高丽参的三倍，享有"南方人参"的美称。故饮一杯绞股蓝，胜喝一杯参汤。同时还具有改善人体新陈代谢，增强免疫功能，抗高血脂、抗动脉硬化、抗血栓形成，防衰老、防肿瘤、抵消激素类副作用，以及改善睡眠等多种药理作用。八仙远离工业污染，处于秦巴富硒带，绞股蓝的含硒量达 0.0003‰，是纯天然无污染富硒绿色产品。各项指标居全国榜首。这种保健茶备受中老年喜爱。特别是一些患有慢性中老年病的人群，更是把绞股蓝作为药食兼用的饮品服用，效果很好。

摄一小撮绞股蓝龙须茶，置于透明的茶具中，沸水冲泡，观之，外形翠绿，汤色碧绿，叶开须动，似游龙展须，如花蔟绽放，翩翩起舞，鲜生可人，赏心悦目。品之香高气雅，滋味甘醇，沁人心脾。

八仙地区的饮食文化经过历史的融合传承，包容积累，经过八仙人们对饮食文化的发展创新，是一个内涵丰富、博大精深的文化宝库。搜集挖掘她对于丰富传承平利的优秀文化，对于发展蓬勃兴起的旅游产业，推动平利县的经济文化建设具有重要意义。由于本人并非研究饮食文化的行家里手，加之搜集、整理、挖掘不够广泛、深入，提炼深度和高度不够。故此文权当作为一名八仙籍的文化爱好者，献给热爱家乡、热爱饮食文化的读者们的一道地方小菜，起到激发食欲、抛砖引玉的作用。期待在不久的将来，有更多更好的文化美味大餐呈现在读者面前。使八仙饮食文化的宝库更加绚丽多彩。

格律诗词

有感"八仙文化笔会"

　　巴山深秋，分外妖娆。八仙集镇，群贤云集。"文化笔会"，堪称首创，其意可颂，其情感人。欣闻喜讯，多有感慨。即成一首，以抒情怀。

"文化笔会"开生面，各路精英聚八仙。
挥毫泼墨颂奇景，宏图良策见笔端。
富民强镇创"明星"，龙乡大业势燎原。
继承先烈乾五志，阔步迈向新千年。

眸醉桃花溪

桃花依古柳，奇石淌溪流。
瀑跌仙音荡，芳菲覆客头。

柳林坝美景

柳絮飞飏已是春，林中枝头鸟歌亲。
坝上群英追大梦，村景新荣迷路人。

月湖春图

岸边玉兰闻鸟音，碧水粼光伴佳人。
桃花人面喜相映，月湖春图别样情。

游正阳大草原 [1]

万顷绿原映蓝天，七彩野花争奇艳。
天池白鹭 [2] 嬉戏趣，信步游赏似天仙。

游关垭子 [3] 有感

秦楚边关古长城 [4]，位居要塞屯雄兵。
金戈铁马疾战乱 [5]，烽火硝烟弥楚秦。
盛世华夏大一统，昔日关隘成胜景。
游人观址思今古，壮丽山河写秋春。

1　陕西平利具正阳高山万顷大草原。
2　大草原中央低洼处有一天然湖泊，人们称之为"天池"。夏天有白鹭在此戏水栖息。
3　关垭子，位于陕西省平利县与湖北省竹溪县之间，是古代秦国和楚国交界处。
4　春秋战国时的古长城遗址。
5　战乱时期，兵马在秦楚大地疾驰征战，争夺长城要塞。

八仙镇"夏之旅"文化节 [1]

八仙避暑赛承德，盛夏旅游好时节。
品茗论道观"吾真"[2]，森林草原不眠夜。
峡谷瀑布多美景，乾五[3]故居传功德。
游人欢度"夏之旅"，流连忘返文化节。

徽章熠熠重千钧

——赠政法干警

赤心拳拳铸警魂，徽章熠熠重千钧。
铁肩雄劲担道义，天下黎民享太平。

1　陕西平利县八仙镇2006年夏天举办了"夏之旅"文化节。
2　八仙镇韩仙洞景点"悟真观"。
3　中共早期领导人，著名军事家廖乾五故居位于八仙镇龙门桥。

咏　莲

莲花朵朵绽芬芳，荷叶婷婷碧玉裳。
君子不折风雨里，一身正气贯穹苍。

香茶迎君

文友家中识大名，茶香时节把君迎。
联诗吟唱心神会，一片纯情似水清。

游翠茗园品茶

朋友相邀游翠茗，拾级百步赏园林。
欢声笑语情不已，一盏清茶表赤诚。

秋寒偶得

送去烈日烤，迎来秋雨绵。
本该享清爽，奈何似冬寒。

美丽乡村创业佳园

——新春诗歌朗诵会即兴

最美乡村赏美景，品茗吟诗舒豪情。
新天新地创新业，国梦家梦梦成真。

贺"五峰诗社"成立

群贤毕至聚长兴[1]，放飞思绪扬激情。
共谋诗词发展计，喜迎文化又一春[2]。

1　长兴宾馆。
2　2014年10月15日，召开了全国文艺工作座谈会，标志着文化工作又一个春天的来临。

相约龙头村感怀

　　秋天，细细蒙蒙，安康平利几位好友相约龙头村。观看农耕文化园，游文化广场和莲花鱼池……高昂的兴志，激动的心怀，让人情不自禁，即兴赋诗一首。

好友相约聚龙头，蒙蒙细雨洗尘土。
农耕园里忆岁月，钓鱼池边话春秋。
烟雾村景美如画，旅游茶饮锦绣图。
纵身山水逸情志，把酒言欢踏征途。

重阳节笔会即兴

　　2014 年重阳节应邀参加老年书画协会笔会。与会书画爱好者挥毫泼墨，兴志盎然，即兴抒怀，赋诗一首。

甲午金秋逢重阳，书友欢聚逸贤庄。
舞文弄墨展风采，吟诗念曲著华章。
历经沧桑数十载，艰难困苦志不忘。
老骥伏励再奋蹄，多姿晚霞映穹苍。

五峰诗社成立一周年有感

身陷古城[1]"囹圄"[2]中，梦飞故里情浓浓。
周年庆典同欢聚，各展风采意无穷。
回首硕果累累挂，辛勤耕耘收获丰。
展望平利诗词事，群芳争艳显峥嵘。

悼念妻子

形影不离几十年，甘难辛苦总相伴。
君今驾鹤仙游去，忘却相约一百年。
身心忧患谁可问？家事烦杂无分担。
日间不见声和影，夜半思念泪湿衫。

1　古城指西安。
2　"囹圄"指病中。

七夕夜梦妻

路漫漫，数十年。
思念苦，再不见，难堪言。
光阴荏苒，沧桑巨变。
幸运七夕夜，梦中又团圆。
挥泪肝肠断，相拥俱欢颜。

天书峡

万摞崖层万卷书，千滩溪流千琴抚。
雾缠松林山间绕，美景如画不胜收。

雷霹石

巨石矗立悬崖边，闪电雷霹分两半。
夹缝齐整似刀切，鬼斧神工一奇观。

化龙山

巴山屋脊称奇雄，"基因宝库"展峥嵘。
珍稀物种俱繁衍，原始生态意无穷。

赞中国体育代表团伦敦奥运会佳绩

中华健儿战伦敦，蛟龙腾海鹰凌空。
国旗飘扬国歌奏，再创辉煌展雄风。

难忘蜀中行

朋友结伴蜀中行，
兄弟姊妹情意深[1]。
哥嫂细心多关爱，
家的温馨暖人心。
侄辈继承好传统，
盛情尽显言行中。
乐山峨嵋览圣地，
净化心灵思无穷。
更喜九寨山水美，
黄龙雪景[2]记忆新。

阅尽神奇"山水画"，
胜似身处仙境中。
"九寨风情"[3]开生面，
剧情震撼意浓浓。

---

1 在成都得到兄嫂和侄儿的盛情款待，像到家了一样。
2 时至暮春，但黄龙却是遍山皆白，一片雪景。
3 在九寨沟观看了著名风情现代剧《九寨风情》。

宏伟壮观都江堰，
灌溉良田千万顷。
李冰父子功盖世，
流传千古扬美名。
岸边小吃靓丽景，
尽显蜀中特、奇、新。
双双入座品佳肴。
游人流连无归心。
旅途食宿虽简陋，
无碍春游好心情。
驱车行程千万里，
游情飞扬人不晕。
今世历程数十载，
永远难忘蜀中行。

女娲故里乡村美

——贺龙头旅游村开园

四海宾朋聚龙头，欢歌笑语话旅游。
回归本是自然事，人类文明新追求。

富硒佳茗农耕园，天然氧吧景色秀。
女娲故里乡村美，天上人间何处有？

月湖漫步

湖光粼粼碧波荡，凭栏观水影成双。
女娲浮雕挂岸壁，绿树成荫花果香。

佳茗闹市隔湖望，相映成趣新景象。
过往游客常驻足，流连忘返细品赏。

贺杨善钧先生《湄上草》问世

风雨兼程六十春，书海文苑任驰骋。
淡泊名利观世事，笑迎金秋写人生。

庆祝县人大常委会组建 30 周年

风雨兼程三十年，履职尽责不平凡。
民主政治显特色，同心协力建家园。

科学发展意高远，依法治国任务艰。
不负民众期与盼，挥笔展图谱新篇。

春游品茶

　　春雨过后，来到平利女娲茶庄，过往游客观盛开的鲜花和翠绿的茶园，听优美动人的茶歌，品清香四溢的女娲银峰。好一派生机盎然、令人陶醉的诗情画意！随即兴而作。

春风春雨春花开，绿山绿水绿满怀。
采茶姑娘阵阵歌，品茗游客纷纷来。

回　归

凤桥关垭[1]珠一串，女娲故里披霓衫。
华夏后裔祭圣母，尽享人类归自然。

1　凤桥关垭：凤桥村至关垭子。平利县生态休闲旅游的重要线路之一。主要景点有蒋家坪茶园，老县镇社区凤桥、三里垭茶山、龙头旅游新村，有琵琶岛垂钓，黄洋河、西河漂流，女娲庙祭祖，长安镇茶庄、茶叶、绞股蓝生态经济园观光和茶艺表演，还有古仙湖风光，关垭子楚长城遗址等。

赞"双创"

党委决策好主张，全民动员搞"双创"。
街头巷尾话变迁，硕果累累好景象。
基础设施大改观，绿荫街净市容靓。
经济繁荣人和谐，再造辉煌著华章。

平利园林县城一瞥

丹桂湖滨路，满城飘花香。
本是收获季，驻足花枝旁。

庆祝中国共产党成立九十周年

惊天动地九十年，丰功伟业耀宇寰。
民富国强光明路，中华复兴雄威显。

改革开放扬风帆，科学发展指航线。
万民和谐奔小康，再创辉煌著宏篇。

观月湖两岸感怀

白云蓝天映山城，绿荫环绕月湖清。
市场繁荣街如画，全民欢乐庆太平。

参观城关、长安两镇
"7·18"[1]灾民安置新村建设有感

洪魔突至侵黎民，各级公仆急如焚。
靠前指挥抗灾害，嘘寒问暖安民心。
筹资聚力巧安置，科学规划建新村。
旧址新房两天地，安居乐业笑盈盈。

1　2010年7月18日平利县多数乡镇遭受了特大暴雨洪涝灾害。

十六字令·茶

茶,
春雨滋润摧嫩芽。
清明至,
市场绽金花。
茶,
夏日消暑亦解乏。
含富硒,
品质甲天下。
茶,
科学经营效益佳。
梦启航,
小康到咱家。
茶,
健康饮品人人夸。
常常饮,
个个笑哈哈。

十六字令·交警颂

手，
一招一式传情愫。
人车行，风雨也无阻。
手，
千斤重任担肩头。
路畅通，安全位在首。
手，
法纪严明不迁就。
令行止，岗位忠职守。

浣溪沙·"女娲杯"茶之旅文化节

八方宾朋聚上廉[1]，
女娲故里喜空前。
高歌劲舞话变迁，
文化经济孪兄妹。
交流引商谋发展，
万众一心建家园。

1　古时平利为上廉。

新诗咏情

不能没有你

没有你
我会不辨南北东西
早上的日出晚上的日落
好像一样的

没有你
我会失去鉴别能力
是非曲直
恩怨情仇
一切都不足惜

没有你
我会失去生活勇气
喜怒哀乐
酸甜苦辣
似乎毫无意义

不能没有你
不能离开你
有了你
天天都是春光明媚
有了你
生活才有诗情画意
有了你
就有永不枯竭的动力
有了你
生命之火会长旺不熄

追　寻

多少次
在梦中追寻
梦境万千
你的笑容
总是那么可爱可亲

多少次
在思绪中追寻
天涯海角
你的倩影
始终不离我的眼睛

多少次
在夜里追寻
黑暗中
你的心灵
总是那么透亮纯真

多少次
在阳光下追寻
车来人涌
唯独你
相约在人生路上伴行
如今
我终于见到了你
恍惚在过去
在今天
在阳光灿烂的明晨

无　言

窗外

蒙蒙春雨在泣泣沥沥下着

室内

盛开数月的蟹爪兰

开始谢落

朋友说这盆花

颜色、花形、花期……

在同类花中

都是佼佼者

我也曾沾沾自喜

而她居然也开始凋零

我的心境

和窗外的天气一样

有些灰暗

似乎有很多话要说

但却无言

平凡的守护神，亮丽的风景线

——赞平利城关小学前的值勤交警

一届一届
一年一年
无数少儿走进城小
又兴高采烈踏进新的校园
而他们——
学生的守护神
一道亮丽的风景线
却依然在这里灿烂

清晨
小城还在沉睡
他们已来到岗前
傍晚
人们正在聚餐
他们等到最后一名学生离开校园

酷暑
汗水湿透了衣衫

严冬
风雪削刮他们的脸
对职守却逾加弥坚
他们用辛劳和汗水
浇灌祖国的花朵
默默无闻地守护着平安

有了他们
无数家长得以心安
无数家庭幸福美满
多少从这里走出去的学子
无论在天涯海角
无论如何变迁
总是忘不了
这些平凡的守护神
这道亮丽的风景线

茶　树

多情的微风伴她与青山共舞，
温柔的溪流为她轻轻吟唱。
沐浴日月精华，
吸吮大地琼浆。
静静地冬眠，
为把佳茗献给人间。
她的绿叶为人类带来多少欢畅。

高效茶园

冲破传统模式，
茶叶只能种在山上，
金黄的稻田，
泛起茶的波浪。
工整茂盛的茶带，

是绿色诗行，
清香甘醇的佳茗，
是绿色银行。
诗行、银行，
撑起小康梦想。
追梦小康，
就在前方。

乡　思

细雨蒙蒙
笛声悠悠
果树上的鸟鸣
园野里的农夫和耕牛

溪流涓涓
情思悠悠
泥巴院的童声
屋檐下的背笼和烟斗

远方的游子啊
日夜盼望着归途
相聚在美丽的村庄
不再是儿时的老屋

"正阳大草甸"牧马图

一幅人类与自然
和谐相处的奇葩
犹如美好传说中的
"大圣"天河牧马——
玉帝的宝骑
昂首欲往银河畅饮
臣卫的五骏
低头吞食嫩绿佳肴

只待一声令下
君臣们索疆策马
悠闲信步在
阔如天庭的高山草甸

放飞思绪
放眼远望
一览人间春色
饱赏美丽风光
遐想苍穹的宽广博大

从此山不再高路不再远

——赞山区公路建设

盐马古道上
有爷爷肩挑背驮的身影
崎岖山路上
有爸爸负重前行的脚印
秦巴腹地
洒满了山里人的艰辛
世代期盼着
打破通往山外的瓶颈

公路建设的春风
吹沸了平川山岭

筑路大军所向披靡
全民动员无往不胜
遇山凿隧逢水架桥
披荆斩棘一路前行
条条公路如梦境般延伸……
延伸……

通向农户　集镇　山村
从此山不再高
路不再远　沟不再深

高速路的贯通
大大缩短了与外界的行程
青山绿水成了城市的后花园
城里人热切向往去观赏美丽乡村
人流物流向这里聚集
绿水青山变成了金山银山
山里人正奔向小康告别贫困

站在巴山之巅
遥望崇山峻岭
条条蜿蜒的公路
似银色飘带

在绿色的海洋中盘旋飞舞
清新的空气里
荡漾着阵阵欢笑和歌声

原创散曲

［越调·天净沙］曲颂平利[1]美丽乡村

自然景色迷人，饮茶旅游光临。
故里女娲传韵，万民奋进，中国最美乡村。

琵琶岛

八方碧水环绕，红莲相伴鱼姣。
柳下休闲垂钓，魂牵梦绕，填词守谱推敲。

1　平利获全国评选的"中国最美乡村"称号。

天书峡

千层万卷天书，溪流瀑布同呼。
九寨传扬圣母，休闲信步，游人赞叹明珠。

长安示范园 [1]

茶园峻岭相连，茶歌茶艺景观。
产业龙头示范，创新实践，小康追梦扬鞭。

1　长安镇荣获农业部命名的《美丽乡村游示范园》。

正阳大草园

青山绿树参天，山花绽彩蝶欢。
画卷挥毫落款，客人游览，吟诗念曲尝鲜。

正阳瀑布群

层层瀑布飞流，珍珠碧玉吟秋。
形态自然争秀，有独无偶，接君到此畅游。

楹联集锦

茶乡平利　美丽乡村（三联）

廉泉绕茶山，遍地清香飘万里；
黄鹂鸣坝水，满天雅韵醉长空。

女娲名茶香飘四海；
美丽乡村誉满中华。

盛世飞歌，万民齐奏和谐曲；
山乡焕彩，千手共织锦绣图。

贺白河县诗联学会成立

巴山汉水谱万般风韵；
秦律楚歌著千古文章。

赏景品茗

游美景应游山水平利；
喝好茶就喝映象女娲。

西凤酒

西气向东输配置资源惠万户；
凤凰栖枝鸣比试双翼展千姿。

泸康酒

饮泸水金沙江源头总思念；
购康乐太平洋公司辄进去。

贺新疆楹联家协会成立

天山南北墨海融诗韵；
神州西域联花奏雅音。

法治楹联集锦

清天庇护人间乐；
明镜高悬玉宇清。

纪肃法严，励精图治；
气清风正，强国兴邦。

故土平安夜；
黎民幸福时。

养风清气正；
修铁骨柔情。

岁月为川淘沙砾；
人心似秤判正邪。

敢于砥磨剑锋利；
不怕冰雪梅蕊香。

公伐私欲，私生蝇虎必遭打；
正讨邪心，邪背法规定受罚。

集中力量"打、防、控"，歹徒束手；
下大功夫"教、改、帮"，浪子回头。

一言九鼎，政令畅通民心顺；
三令五申，法纪严明天下安。

为"创建质量强县"题联

一

"质量"一词，写成条幅挂心头；
"文明"二字，化成交规脚下行。

二

推动创新，弘扬传统铸工匠；
追求卓越，崇尚质量攀高峰。

三

创品牌，特优产品畅行天下；
提质量，经济效益再攀新高。

抱诚守真

打苍蝇杂谈

苍蝇是"四害"之一。无论在什么地方，人们一见到苍蝇，就会本能地产生一种厌恶的感觉，恨不得立即将其灭之而后快。其原因是它会传染伤寒、霍乱、结核以及痢疾等多种疾病，给人类带来很多痛苦和灾难。

苍蝇的种类很多。在我国最常见的是舍蝇，此外还有家蝇、金蝇、绿蝇和麻蝇。其幼虫由母蝇产卵生成，无头无足，呈白色，称之为"蛆"，滋生于粪便和垃圾等污物中。所以民间把苍蝇俗称为"屎蚊子"。苍蝇繁殖的速度惊人，只要气温和环境适宜，夏天约10天就能繁殖一代。试想一只有能耐的苍蝇，一个夏季会繁殖出多少苍蝇？一年下来，这只苍蝇变成一大窝苍蝇，它也成了苍蝇的老祖宗了。

由于苍蝇对人类的危害注定了人类对它的憎恶和不允许它存在。然而，由于人类文明还没有发展到足以使其灭绝的程度，在现阶段只能采取改善环境，诸如建垃圾处理场，改造人畜圈厕，禁止随地大小便，打扫卫生，以减少苍蝇繁衍的土壤；讲究卫生，阻隔其对人类的传染；全民健身，增强抵抗力和免疫力；药物和人工灭蝇，减少其数量；随着科技的发展，现在已发明了电子灭蝇和含有引诱剂的黏蝇纸等。这些都是行之有效的。

尽管如此，苍蝇似乎也学会了"反消灭"的本领。它们仍然在繁衍发展，仍然在危害着人类。一些村镇农舍仍然随处可见，甚至在一些宾馆、农家乐，也不例外。与朋友聊天，不时听到某次在某星级宾馆接待客人。一盘刚端上来的美味佳肴，主人正请客人动筷子，突然飞来一只苍蝇，一头撞到盘中，人们伸出的筷子在中途停住了，让主人尴尬，客人扫兴，食欲大减。某次邀朋友到茶楼品茶，边品边谈，兴趣正浓。一只苍蝇飞到朋友热气腾腾的杯中，大家雅兴全无；一位同事兴高采烈地搬进新居，室内崭新的家具，雪白的墙壁，着实让人舒心。一天他正躺在沙发上看电视，一只绿头苍蝇嗡嗡飞到清白的墙上不走了。小孩快速拿来蚊拍，拍到苍蝇死，但白墙却染上了大块黑浆，尽管擦洗了几遍，仍有一片污渍，使人生气而又无奈……人们不得不感叹，大环境差了，干净的个人新居也难以幸免。

正是因为苍蝇似乎有打不完、杀不绝的势头，人们不得不认真总结探索灭蝇之法，以求更佳效果。笔者以为，如果你发现成群结队的苍蝇时，必须及时采取药杀和电子灭杀等办法，当苍蝇数量不多的时候，用蚊拍消灭是大家公认的最便捷最有效的。而用蚊拍灭蝇其中大有技巧。这里略举一二，与读者交流。

用蚊拍灭蝇必须把握好"度"。发现苍蝇。千万不要盲目性急，拿好蚊拍后，不要让苍蝇知道你要消灭它，在它不备的时候发起进攻。第一，起拍之前，要精确估计你与它之间的尺度（距离），要力所能及。太远了打不着，太近了用不上劲；第二，要把握好手起拍落的速度，不能太快，也不能太慢。太快会煽起一股风把它吹跑，慢了它早已逃之夭夭；第三，要选好起拍的角度。如果在雪白的墙壁上，你正面拍打，苍蝇死了还会污染墙壁，得不偿失，顺墙斜打才是最佳角度；

第四，拍打时要掌握好力度。如果在心爱易碎的器皿上。打轻了苍蝇不死，还会害人。打重了，打死苍蝇的快感会远远小于损坏器皿的痛心；第五，在公务接待、朋友聚会或红白喜事的大庭广众之下，大家谈兴正浓，食欲正佳，酒兴正酣之时如发现苍蝇，千万不能大动干戈，疾呼灭蝇，要有气度和风度。"小小寰球，有几个苍蝇碰壁。"算得了什么！让它暂时"嗡嗡叫"喧嚣几声何妨。你可采取一些雅致的办法，如燃一杯烧酒，或点一支蚊香，把它们驱赶到某个角落，然后挥拍灭之，岂不两全其美，皆大欢喜！倘若性急把苍蝇拍到佳肴盘中，赶到朋友杯中，撞在客人脸上，该多不雅！

随着人类生存环境的逐步改善，生活质量的不断提高，滋生苍蝇的土壤会大大减少。但我们防治苍蝇、消灭苍蝇的警钟必须长鸣。因此，在亲戚朋友乔迁新居时，不要忘记提醒他们购置蚊拍，在自己购买家具时，不能少了蚊拍，在蚊拍坏了时要及时买回蚊拍，这样才会有备无患！

由打苍蝇，使我联想到当今社会的反腐倡廉斗争，笔者认为其中有许多相通之处可以借鉴。

罪　孽

初夏，花城广州烈日高照，已很炎热。太阳把水泥地面烤得发烫。中午的大街上已没有多少行人，人们都躲在屋里避暑。没有急事，谁也不会外出。

吴来在上班时突然接到家中大哥打来的电话，说有急事赶快回来。接到电话后，吴来心里犯了嘀咕，原来有什么事都是妻子黄梅打电话。今天怎么是大哥打电话？大哥以往是很少给自己打电话的。家里有什么事呢？父母身体都很好。春节团年时，老爸喝了半斤酒，还头脑清醒地和大家一起打牌呢。前两天妻子打电话说两个孩子都很好，大儿子不仅学习努力，还学会了做饭和照顾他妹妹……他也顾不得多想，在车间把工作给同事们做了交代，急忙跑到厂部向领导请了假。冒着酷暑，大汗淋漓地赶往火车站买了回家的火车票。倒也凑巧，夏天广州火车站虽然人也很多，但远不像春节前后和小长假时那样人山人海，拥挤不堪。而且到家乡的票也好买。买好票没等多久就进站上车了。

车未启动，车箱里闷热。这些吴来都顾不得了。坐定之后又回想起刚才接电话时的情景。大哥语气沉重，话语不多，但带着不容商量的命令口吻，家里一定是出大事了。带着疑问，吴来开始拨打妻子的电话，却一直关机没有接通，这更加坚定了自己的想法。吴来坐在车上，心里七上八下，没办法，只有干等，回去以后就有答案了。想着想着连火车出站时高亢的汽笛声和铁轨的哐当声也没觉察到。火车在江南的原野上飞驰着。虽已初夏，但江南铁路沿线的景色依然十分迷人。大片郁郁葱葱的稻田，条条在稻田中穿行的水渠，发达的公路网络，错落有致的城镇、乡村……这些丝毫也没有勾起吴来第一次南下广州时的兴致。昏昏沉沉地也不知过了多久，天色渐渐暗了下来。已经到了吃晚饭的时候，这时吴来才想起自己连中午饭也没吃，但仍然没有食欲。他算了算，还有十多个小时才能到达回家的火车站。只得硬着头皮买了个盒饭，囫囵地吃完后，就躺在了自己的硬卧上。迷迷糊糊，似睡非睡，往事像电影一样一幕幕地浮现在眼前。

那是今年正月自己离家的前一天晚上。小夫妻俩又要分别了，往年一别就是几个月甚至上年时间，也不知这次分别多久才能相见。两人温存一番之后，黄梅对吴来说："今天我打牌赢了1460元，是个吉利数字，'要财顺动'啊。今年可能要走点财运。"吴来听了之后没有吱声。他想不是还有另外的一种念法吗？但他没有出声。似信非信地对黄梅说："但愿吧。"两人怕吵醒孩子，又说了很久的悄悄话。夜已很深了，吴来第二天还要赶车。他对黄梅说："以后还是少打点麻将，多关心一下孩子的学习。"黄梅说："知道了。"说完，黄梅睡着了，吴来却怎么也睡不着。他想起自己自从添第一个小孩起6年没有摸过麻将了。原因是有过惨痛的教训。七八年前，吴来风华正茂，聪明能干。高考只差五分落榜后，发誓要在家乡的茶饮产业中干出一番事业来。他咨询了镇上茶叶技术人员后，冒着风险承包了村上的100多亩茶园。贷款对茶园进行低产改造，经过精心管理，悉心经营，三年后就连续获得较好效益。不仅还清了贷款，而且扩大了规模。

在政府的扶持下，他加大了茶叶种植管理的科技含量，购置了先进的茶叶加工机械，开发了新的产品，并在省上的博览会上获银奖，茶产业的效益步步攀升。几年间吴来成为全县知名的茶企业大户。人怕出名猪怕壮。连在广东打工的高中同学，被称为"校花"的黄梅也听到了吴来的许多传闻。在一次回家过年的聚会上，他们又见面了。双方都有一种"士隔三日，当刮目相看"的感觉。昔日的校花更加亭亭玉立，典雅成熟，有了城市和农村女孩双重美的融合。在黄梅眼里，面前的吴来已不再是几年前学生气十足的吴来，而是西装革履，风度翩翩的青年企业家。酒席上双方互邀到各自的家中作客。春节期间，一来二往，酒席牌桌，歌厅舞场，互相交流，畅谈人生，设想未来。同学情谊逐渐升华，撞出了爱情的火花。这年中秋节，双双情投意合，喜结连理。年轻的吴来事业有成，爱情随心，可谓春风得意。正是应了"人生得意须尽欢"这句古诗。吴来缠绵在家庭和爱情的甜蜜之中，沉浸在迎来送往，牌场酒桌之上。忽视了人生的险恶，竞争的激烈，淡忘了"玩物丧志"的古训。渐渐地应酬多了，交往多了。三教九流、各色人等，来者不拒，有请必到。有的与他在酒桌牌桌上谈生意；有的求他找活干；有的向他借资金；有的专门瞅着他的钱来的，要在牌场上让他赞助几个。由于贪玩、爱面子、爱朋友，久而久之，由开始牌场上小打小闹的红桃四、小十块，到挖坑、斗地主、比大小、炸金花、搬点子、飘三页，五十到五百一炮的摸张停……无所不会，无所不来。企业管理放松了，经营效益下滑了，家中的积蓄玩空了，再也没有了过去的风光。为此，黄梅闹着差点把怀中的孩子流产。这时吴来才幡然醒悟，在妻子面前要断指戒赌，被力劝制止，才免受一灾。经过盘算，企业几乎到了资不抵债的境地。吴来的信誉度大打折扣，银行不敢再给他贷款。昔日的哥兄老弟，酒肉朋友也避而远之，逼讨赌债的倒来得很勤。有时到商店赊几包烟也会受到白眼！看来企业是难以为继，只好忍痛转包他人。还了贷款和部分赌债，在儿子满月不久，吴来含泪辞别了父母、爱妻和幼子，只身南下广州，开始了打工生涯。并暗暗发誓，不混出个人样，决不回家。

吴来到底是吴来，到工厂后，由于勤奋好学，不怕吃苦，很快熟练掌握了一门技术，成了骨干。一年后被提拔为车间主任，成了管理人员。由于有过去的管理经验和教训，车间的效益，在厂里总是名列前茅，他也多次受到嘉奖。而且痛改前非，工余时间总是争取多加班顶班，学习钻研技术，再也不沾赌气了。只用了两年时间，用辛苦的打工钱还清了十几万的赌债。第二年春节还带了一笔钱，回家过了个丰盛热闹舒畅的快乐年。父母、妻子脸上露出了几年来少有的笑容，儿子已两岁多，会嗲声嗲气地叫爸爸了。一家尽情享受着天伦之乐，多幸福啊！春节期间亲朋聚会，少不了有人邀请吴来打牌，他从不伸手，而是让妻子黄梅陪着打几把。妻子的手好像抓钱手，比吴来强得多，几乎每场都要小赢几个，输的次数很少。很快，元宵节过了，吴来又告别家人，回到自己打工的岗位。这一年妻子又给他添了个漂亮可爱的小女孩，真是天随人意，自己儿女双全了。吴来工作的劲头更大，收入也一年比一年高，平时给家里寄的钱也增加了，妻子手上的零花钱也宽绰了。

时光流逝，日月如梭，一晃三四年过去，大儿子上学了，小女儿也上了幼儿园。黄梅除了照顾公婆、孩子，加上父母的扶持，空闲时间比过去多了。一些同龄的姐妹，不时邀请她到麻将馆打牌，公婆怕她寂寞，也支持她到外面散散心。开始每隔三五天去打一场，时间长了几乎每天都要去摸几把。去年春节回家，吴来发现妻子有些变了。尽管依然孝敬父母，依然勤快贤惠，把家里料理得有条有理。但似乎对孩子的学习关心得少了，在家里陪自己的时间没那么安心。每天只要电话一来，就会按时到麻将馆去。有时去迟了姐妹们还会调侃她说：

爱人回来，别重色轻友。闲谈时对"1、5、9"津津乐道。对哪一次炸了个卡张子、绝张子，一次翻了几个码记得一清二楚，甚至有时眉飞色舞，声情并茂。吴来虽然有些不悦，但转念一想，自己长年在外，妻子也付出了很多，确实不容易，还是顺其自然吧。对牌场上的"1、5、9"，吴来还是第一次听说。他问黄梅，黄梅告诉他，和自摸赢差不多。不同的是有发财或红中的，可以替代任何牌。桩家炸起来后，挨个翻6张牌，看里面有几张1、5、9数字的牌。有几张各家就要给几张的钱。假如打10元一个码有3张1、5、9就是3个码，每家都要给30元。依此类推。另外，如有人放杠了，就要给30元钱。要是同时杠头开花，放杠的人要包胡。除开别人放的杠，其余的钱由他一个人付。被人抢杠，也要包胡。吴来出于好奇，也偶尔去看看，想弄个究竟。

有一天，吴来上街买东西，顺便转了转，发现前两年回家，集镇上只有二三家棋牌室，也只有下午以后，才有人去休闲娱乐一下。但这年不同了，几百米长的小街上隔几十米或上百米就有一家。而且家家人都是满的。有的正在紧张战斗，有的在旁边观战等着接班。这些人大多是留守妇女，留守男人和一些无所事事的闲散人员。还有的人连做家务、种菜园也要放一放，先过几把瘾再做。甚至孩子学习也不过问，肚子饿了给两元钱，泡包方便面就算打发了。麻将馆室内烟雾弥漫，吵吵嚷嚷。炸起来翻码多的人，兴高采烈；炸起来没有码的，骂骂咧咧。久坐或放杠包胡的人怨声载道，吵着说自己输了几百了。一个人起身跟着有人接上去，好不热闹。有的时间没有节制，晚上通宵达旦，闹得四邻不安，无法休息。据说还有争吵斗殴经过司法调解的情况。吴来在想，如今社会发展了，社会在变，人也在变，似乎人变得比社会还快。自己当时被麻将和赌博害惨了，输掉了企业，吃尽了苦头，周围很多都是知道的，为什么不引以为戒？如今不知谁花样翻新，又发明了"1、5、9"，竟然吸引了这么多人，乐此不疲，天天爆满。这是为什么呢？他百思不得其解。想到这里，吴来一惊，一头从卧铺上坐了起来。顿时清醒了，浑身直冒冷汗。莫非……他不敢再往下想，尽管还是深夜，但再也睡不着了。

只能呆呆地坐在车上，心里一团乱麻，不安地等着火车到站。

第二天天亮之后，吴来连续接到大哥打来的几个电话，问他到哪里了。并对他说，下火车后直接乘汽车回家，不要耽误。中午，火车到站了，吴来第一个下了火车，快速出站后，也顾不得省钱，搭了个出租车，直奔长途汽车站。买到票后，尽管还有一个小时才发车，但吴来没有心思吃饭，匆忙在地摊上买了两个馒头一瓶矿泉水就上车了。汽车按时出发了。奇怪的是过去每次这趟车都是满满的，今天却还有几个空位。而且每到一个停车站几乎都有人上下。无形中推迟了到家的时间。好不容易盼到汽车开进了自己家所在的集镇，已是黄昏时间了。

这是一个秦巴腹地的山区集镇，四面青山环绕，一河碧水从镇前缓缓流过。一河两岸柳树成行，田坝里是整齐茂盛的茶带。街道两旁经过近几年的建设已今非昔比。一排排整齐的小楼房鳞次栉比，宽敞明亮的公路边绿树成荫，一个个小花坛里的鲜花竞相开放。蓝天白云，绿水青山，空气清新，靓丽的小镇。都市的文人雅士到了这里，一定会驻足观赏，拍摄美景，挥笔作画，摇头吟诗。就连吴来自己过去每次一年半载回家时，也要慢步在街头，细细品味欣赏一番。但是今天他全无了这份心情。急匆匆地向家中走去，虽然只有百多米远，但总觉得走了好远还没有到家。有时连街上熟人打招呼也没听见。好不容易到家了。门口不少人进进出出。大哥在门上等着，看见他喊了一声"吴来"眼泪就流出来了，拉着他的手走进了堂屋。吴来一下子惊呆了，他不相信这是真的，揉了揉模糊的眼睛，看到并不宽敞的堂屋里并排摆放着一口棺材，两口长方形小匣子。棺材前是黄梅的遗像。吴来这个曾经跌倒了又爬起来的硬汉子再也坚持不住了。眼前发黑，双腿发软，瘫倒在地。他大哥急忙叫人帮忙把他扶进里屋，躺在床上。又找医生给他打了一针葡萄糖，才慢慢苏醒过来。吴来脑子一片空白，悲痛欲绝，欲喊无声，欲哭无泪。围着他的镇村干部和亲人都含泪期待着他清醒过来，稳定下来。一会儿派出所所长、司法所所长都来了。村支书和他们商量后，决定把事情的全部经过详细告诉吴来。

　　晚上，吴来的情绪渐渐稳定了。支书和派出所所长、司法所所长先安慰了一阵，鼓励他要坚强起来。然后把事情的全过程一五一十地告诉了吴来。原来前两天黄梅照常和三个姐妹在一起打牌，黄梅的手气那天格外好，牌起得好，想来啥就来啥。基本上是一捆三地赢。下午四点左右，黄梅起身要回家给两个孩子做饭。因为公婆这几天有事，帮不上忙，两个孩子在家等着。但另外三人还想往回捞，对黄梅说：你不是说你的大儿子会做饭嘛，你不回去他自己不是会做的。黄梅说："娃子小，不放心，我还是回去，明天咱们再打，把我赢的吐给你们。""再打个把小时，时间还来得及。"她们你一言我一语地说。黄梅经不住劝，心想，都是姐们儿，自己赢了不好强行离开。于是又坐下来继续打牌，直到天快黑了才散场回家。黄梅走到家门口，屋里一片漆黑。叫两个孩子也不见答应。嘴里还在说"这两个娃子，野到哪儿去了？"进门开灯不亮。她找到手电，发现保险丝烧了。换上保险丝后，灯亮了。几间屋都看了一遍，没见孩子。习惯性地来到厨房，一进门，眼前的一幕把她吓呆了，惊叫了一声"哈了哇！"一屁股瘫坐在地上。她急忙爬到孩子身边，只见小女儿还拉着哥哥的一只手，一摸身上虽然还是热的，鼻子没有气了，心脏也没有跳动。儿子手上拿着烧煳了的电饭煲的插头。一切都明白了，孩子没有了。失去两个孩子的巨大悲痛使黄梅泪如泉涌，却哭不出声来。内心不断地呼喊着"前世做过了啊，罪孽啊……"也不知过了多久，黄梅的泪流干了，眼睛又红又肿，慢慢清醒了。强忍着巨大的悲痛，一边把两个孩子分别抱到床上，给他们擦了澡，换上新衣服，盖上单子。内心不停地问自己"怎么得了呢……"经过激烈思索和斗争，悲痛使她失去了理智，她把悲痛变成了仇恨和愤怒。一个她认为可以恕罪的计划在脑海中形成了。于是她貌似平静的到肉铺和饺子铺分别订了一斤半肉馅和两斤饺子皮，让他们明天一早送到家里。又连夜到菜园里扯了一把葱，剥好洗净待用。她关了电灯，关了手机，一个人呆坐在床前。这一夜，她度夜如年；这一夜她极度悲痛和万分惊恐。她害怕有人来玩，害怕公婆来看两个孩子，害怕丈夫打来电话……

　　天亮了，她好不容易熬过了漫长而又挣扎的一夜。黄梅像往常一样洗脸梳头稍微打扮之后，首先给三个打牌的姐妹分别打了电话，约他们中午到家里吃新鲜饺子。然后把送来的肉馅和葱花、姜米拌好。饺子皮送来后，她开始包饺子。一边包着，眼泪不断线地往下流，内心的伤痛在摧残、折磨着她，绝望在熬煎着她。她只能用袖子不停地擦眼泪，眼睛越发红肿了。时间在一分一秒缓慢地度过。当饺子包到一多半的时候，三个姐妹到了黄梅家。她们都不约而同地问黄梅眼睛咋肿成那样了，黄梅强打着笑脸答道，昨天下面辣子放多了，上火。她们信以为真，丝毫没觉察到有什么异样。饺子包好了，黄梅要用大锅子一次下，三个作客的姐妹建议分几次下，以免煮破，黄梅没有同意。她说：要吃一起吃。吃的吃看的看像啥样子。客随主便，其他人再没说啥。饺子很快煮好，黄梅用四个大碗每人盛了一碗，把调好的醋辣子一齐端上桌子。热腾腾、香喷喷的饺子，红艳艳的辣子汤，很让人眼馋。几个人问孩子还在睡觉哇，喊起来一起吃。黄梅说：早就野出去玩去了。不管他们的，我们先吃，留的还有。几个人正端起碗准备开吃。黄梅说："先不忙，我说两句话。咱们几姐妹除了逢年过节，很少在一起吃饭。也就是牌场上玩得多。今天在一起吃顿团圆饺子，也算是姐妹一场。"听到这里，三个人互相交换了一下眼神，隐隐感到话语有些不对，但也没多想。一起说，我们以后相聚的机会还多，不说了，吃饺子吧。黄梅说："好。可是有一条，碗里的饺子各吃各的，一个都不能剩。"其中一个饭量小一点的说："哎呀，这么大一碗，我怕吃不完。"那两个说："不行，都要吃完。"看到这架势，她只好硬着头皮说："好，我憋都要把它憋完。"大家开始一起吃饺子了，有的说"好鲜哪"，有的说"我好久没吃饺子了"。黄梅再没说话，一边看着她们吃，一边如同嚼蜡一般，不紧不慢地吃着。不一会，饺子都先后吃完了，黄梅张罗着给她们倒茶。一个姐妹突然说："哎呀，我肚子痛。"紧接着另外两个也说："哎哟，我肚子痛得很！"这时黄梅肚子也痛起来。四个人先后趴在桌子边上不停地呕吐。吐出来的大量白沫、食物中带着鲜血。她们望着黄梅有气无力地说："这饺子怕是有……"黄梅望着她们凄惨地闭上眼睛，第一个滚倒在地上。

　　晌午过了，三个女人都没回家，家里人给她们打电话，手机开着无人接听，猜想她们可能又去打麻将了。黄昏时，黄梅的公婆从大儿子家过来看孙子。堂屋门敞着没人，走进餐厅，两个老人大惊失色！四个女人全躺在地上。嘴边都是一堆白沫、食物和血。公公胆大一些，摸了摸靠门边的那个女人，身体已经僵了。再推开房门一看，孙子孙女都躺在床上。婆婆号啕大哭起来。公公急忙让大儿子打电话给派出所报了，又请来了村支书。经过仔细地现场勘查和取样化验，初步认定四个女人是中毒身亡，两个孩子系电击死亡。经过紧张的调查和取证，麻将馆老板和前一天打牌的证人，供述了当时的情况，三个女人均为黄梅的同街邻居和麻友。案情真相大白。派出所、司法所的干警，同村干部一起分别给三个女人的家属通报案情，做了工作。他们虽然觉得冤屈，痛苦，但因投毒的黄梅也中毒身亡，而且失去了两个无辜的孩子，也就再找不到合适的理由，提出其他要求。认领了各家的尸体，回家办理各自的丧事。

　　吴来听完了这一切，痴呆木然地坐在椅子上。眼睛直直地望着前方，一动不动地待了一个多小时。整整几天，饭吃得很少，一句话也不说，默默地做着认为自己该做的事，任凭父亲和大哥他们料理，办完了一场不可多见的丧事。圆坟的这一天，他来到妻儿的坟前。所有的程序完了之后，示意父亲和大哥他们先回去。大哥不放心，远远地躲在树丛中看着他。这时吴来再也忍耐不住，高声地喊着黄梅的名字，一边说："你怎么那么糊涂啊！忍心带着两个孩子走了，我可怎么过啊！"一边趴在坟前大哭起来。眼泪像决堤的洪水一般，夺眶而出。他号啕着，抽咽着，久久不能停息！大哥怕他出事，含泪走到他背后，轻轻地抚摸着他肩膀，静静地陪伴着他。大哥心里明白，这时候，任何劝慰的语言，都显得苍白无力。太阳当顶了，晒得浑身火辣辣的。大哥把吴来扶起来，两人慢慢走回家，路上谁也没有说话。母亲熬的绿豆稀饭，吴来一口也没吃就躺在了床上。一连三天，吴来神志恍惚地躺在床上，嘴里念叨着黄梅和两个孩子。每天端到床面前的稀饭或面条，他吃几口就放下了。大哥找来医生给他输液，他也拒绝了，连给妻子和儿女送烟把也是侄儿们去的。直到厂里从大哥那里得知家中的情况后，领导发来慰问电，汇来慰问金，让他好好调整，休息一段时间后再去上班时，他才在妻子去世后第一次用手机向外发出第一个信息，对厂领导和同事们的关心表示衷心的感谢。

　　头七过后，吴来逐步恢复。每天四门不出，在家里整理妻子和孩子的遗物，破旧的拿到坟前烧了。把好衣服洗净晒干收拾起来。孩子们的东西用纸箱装好，存放在他们的小卧室里。父母和大哥每天吃饭时和他在一起，相互陪着说说话。

　　很快七七到了。这天，吴来再次来到妻子和儿女的坟前。分别为他们烧纸上香之后，背靠在妻子的坟头，望着对面连着天边的阳光照射着的绿油油的青山。突然，脑海里涌现出一首歌词：

> 那一天你消失在眼前，
> 我怀抱里只有曾经的温暖，
> 那一天你消失在天边，
> 我脑海里只有记忆的昨天。
> 我理解你别时的心境，
> 我懂得你痛苦的笑脸。
> 多想回到纯真的少年，
> 让一切噩梦都烟消云散。
> 我们不应该这么短渐，
> 要相信明天会光辉灿烂。

吴来收拾好自己的行旅，告别了父母和亲人，离开养育自己成长曾让自己取得过成功，享受过甜蜜幸福、天伦之乐，也经历过极度痛苦的家乡。再次踏上了南下打工的征程。

警徽情缘

　　这年夏天，张龙从警校以优异的成绩毕业了。为了加强山区的治安工作，省上将这批毕业生全部分配到边远山区县。这对于生长在八百里秦川的张龙来说，是一个人生的新起点。

　　本来早就应该到工作单位报到的，平安县公安局通知他直接参加省上三个月的岗前培训。培训结束后已是深秋。张龙乘坐火车一路南下。火车在秦巴山区穿行了四五个小时。从车窗中看到车道两旁的山川、河流、民居、集镇都是新奇的。从家门到学校门的张龙没有机会到山区游玩，看到这些感到又是一块天地。尤其是满目群山，万山红遍，层林尽染，真是"霜叶红于二月花"呀！深秋的山区，昼夜温差大。早晚已有深深的凉意。漫山遍野松树、灌木，树叶被秋风染成五颜六色，红的、粉的、橙的、淡黄的……像画家用各种颜色重重地涂抹出来一样。各种山野花，争奇斗艳，把壮丽的山河装扮成了一幅巨大的山水粉墨画，让人百看不厌。田野里，一片丰收的景象。农民正忙碌着收获秋天的喜悦。大片大片金黄的水稻，一串串沉甸甸的苞谷……伴随着人们的阵阵欢声笑语。这和自己想象中的穷山恶水完全异样。

他的情绪也高涨起来，陷于无限的遐想之中……

　　"呜"的一声火车鸣笛，播音员告诉乘客，安吉车站到了。张龙随着下车的人流向出站口走出去。这是一个中等城市交通枢纽，显得有些拥挤。突然一位乘客大声呼喊："我的钱包被偷走了！""就是前面跑的那个人！"小张的职业反应非常机警，急忙提起行李用力拨开人群，向前面飞跑的人追去。这时他平时苦练出来的快跑的能力显现出来。尽管人多，但他还是熟练地左闪右躲，顺着人缝，快速跑到前面，一个扫荡腿，把小偷打倒在地，只手擒拿，牢牢抓住小偷的右手，反剪背后，尽管小偷还企图用左手反抗，双腿乱蹬，但无济于事，仍没逃脱小张的手铐。小偷被带到车站警务室，经过审讯和对现场证人的询问，原来小偷名叫李虎，是铁路沿线挂名的惯偷团伙小头目。由于其反侦查能力很强，加之练过几天工夫，几次从乘警手中逃脱，这次却没能逃出张龙的手心。失主认领了被盗的钱包，乘警十分感激张龙帮他们抓住了李虎。当张龙准备离开警务室时，李虎怒目圆睁，大声对他吼道："毛小子别得意，有机会咱们单挑！"小张笑笑对他说"别生气，好好反省吧！"他告别乘警，赶乘到达单位的公共汽车去了。

　　坐上去工作县城的汽车，已是下午了。当进入平安县境的时候，小张发现这里公路两旁的民居和散落在川道的村庄，全部是"白墙壁，青瓦顶，格子窗，马头墙，飞檐翘角徽派房"。川道一片片翠绿整齐的茶园，环绕着村庄，看到这些，他不禁想起一首曾在杂志上看到的诗句："黛瓦白墙昂马头，徽派建筑添新秀。绿色产业绕村庄，崎岖小路变坦途。昔日旧貌换新颜，村民生活乐悠悠。人间仙境不是梦，美丽乡村平安游"。这时他又听到采茶姑娘的悠扬的歌声："请到茶乡来哟，绿水青山嘞百花开哟,茶乡那个风光嘞多可爱呀,依儿哟……"透过车窗四面环顾，天蓝蓝的，水清清的，群山多姿多彩……这一切多美呀！他在心里默默地赞叹着，不知不觉已经喜欢上了这里，下定决心要在这里干出一番成绩来。

车很快到达县城，张龙无心欣赏这个装扮得十分靓丽的山区小城的建筑、绿化和灯饰。直奔县公安局，值班人员把他带到局长办公室。局长和他将要报到的永安镇派出所所长都在那儿等着。见面简单介绍问候过后，局长颇有一番军人作风一样的对张龙说"小张，本来局里今天要给你开欢迎会，但因今年治安形势不容乐观，我和所长商定，今天先由他把你接到镇上报到，立即上手开展工作。回头找机会局里再开欢迎会，好吗！"张龙一边大声回答："好"，一边立整以标准姿势向局长行礼后，转身和所长离开局长办公室，很快乘车到达最基层的工作单位——永安镇公安派出所。镇上很重视，书记、镇长、党政办主任都在所里等候。经所长介绍后张龙一一同几位领导握手。当他同党政办主任李倩握手的时候，似乎觉得有几分面熟，但一时又想不起在哪里见过。这种场合不宜多想，张龙很快镇定下来，立即向几位领导请示任务。镇党委书记笑呵呵地对他说："工作有你干的，现在到饭点了，先就餐吧。"

永安镇在平安县是个较大的镇。由于区域位置特殊，是离县城较远的山区镇，被称为平安县的"西藏地区"。她地处巴山腹地，与两省三县毗邻。这里海拔落差大，物产丰富。虽然辖区只有4万多人，但由于这里自然景观独特优美，前来旅游经商务工的人员比较多。解放前，是王三春、崔二旦等土匪经常出没的地方。新中国成立后，经过历届党政组织和公安人员的不懈努力，治安状况有了根本好转。改革开放以来，这里随着基础设施建设和旅游开发的大力开展，人口流动量越来越大，给治安管理带来新的压力。张龙和全所的干警夜以继日地工作着，守护着一方的平安。

前段时间，公安内部接到上级的红色通缉令，有两名杀人抢劫犯驾车逃进了秦巴山区。县公安局印发了逃犯的照片，由各所分发到基层干部和治保人员手中。永安镇派出所干警进入一级防卫状态。民警们加强了对重点地段、重点区域和交通干线的警戒巡逻和监控。所里昼夜有人值班。这天，下午五点多钟张龙值班时接到一个村治保主任的报警电话，说有两个混迹在旅游人群中的人员形迹可疑，相貌与通缉令的照片相似。张龙一面让治保主任不要惊动旅游人群，设法稳住他们，一面向所长汇报后，与所里两名干警一起，立即驱车前往报案地点。警车快到达时，警笛的叫声惊动了两个嫌疑人。他们悄悄离开人群，迅速藏进了景区的大森林中。这一切治保主任不动声色地看在眼里，观察着他们逃离的方向。张龙到达后，立即与治保主任简短地碰头，开始紧急制定方案，请求警力支援，调动民兵开始搜捕行动。按照县局的指示，张龙在援捕警力未到达前，将现有民兵和警力分布在景区各要道口，对过往行人和车辆严加盘查。并派出两名人员登上景区制高点，严密注视嫌疑人逃逸的方向。这期间县局成立了追逃指挥部，局长任总指挥，分管副局长任副总指挥，正在赶往事发地点。张龙在现场实际发挥着总指挥的作用。天擦黑时，副总指挥到达现场。张龙把安排部署情况作了简要汇报，得到赞同。副总指挥又将增援的警力分派到各个布警点，加强了警戒和盘查，一张警民联合织成的大网，正等着鱼儿钻进来。天渐渐暗下来了，嫌犯仍然没有动静。分析他们可能正在商议对策，等待逃跑的时机。张龙经请示同意后，来到嫌犯最有可能出逃的盘查点。天黑了，副总指挥再次下达命令，要求全体警察和民兵保持高度警惕，丝毫不能放松。

这次追逃的地点是大巴山的第二主峰山区，海拔近 3000 米，这里是国家级自然保护区，是我国最大的生物基因库。不仅自然景观奇特优美壮观，而且有稀有的中华鸽子树，以及龙头竹、云杉、冷杉等；还有黑熊、野猪、香獐、锦鸡、金钱豹、羚羊和华南虎等珍稀动物。

有诗赞曰："巴山屋脊称奇雄，基因宝库展峥嵘。珍稀物种俱繁衍，原始生态意无穷。"这是精辟而生动的写照。

　　夜渐渐深了，尽管是夏末初秋，但在海拔2000—3000米的高山上人们仍然感到阵阵寒意。冷湿的空气弥漫着，露珠爬满了树叶和草尖。参战的警民已熬了大半夜，睡意和寒冷阵阵袭来。但大家仍保持着高度警惕。副总指挥又一次下达命令，这个时段很有可能是嫌犯选择逃跑的最佳时机，务必不能丝毫松懈。果不出所料，凌晨三点左右，山顶的瞭望哨发来信息，嫌犯藏匿地有动静了，慢慢在向张龙蹲守的方向运动。张龙接讯后，立即和参战的警民悄悄散开，等待嫌犯接近后采取行动。其他各点的参加人员也接令隐蔽向这边靠拢。反侦查能力很强的嫌犯在树林中走走停停，时而仔细观察，时而侧耳细听，缓慢地向前移动。张龙的周围静的出奇，似乎连战友的心跳和呼吸都能听到。时间一分一秒地过去了，树林中终于隐约听到踩断树枝的声音。天蒙蒙亮了，两名嫌疑人终于进入张龙的视线。他大喊一声："抓住他们！"一个纵步跃向走在前的嫌犯。两名嫌犯听到喊声，慌忙分开夺路而逃。其中一名顺着山梁往沟里跑去，一名从蹲守人员的空隙中向山上逃去。张龙立即命令兵分两路，分别向两个方向追去。这时旁边一个壮实的民兵身影一闪，张龙觉得动作娴熟似曾相见。待这个人转过头来微笑着皱鼻一"哼"时，张龙瞬间记起他原来就是自己曾经抓过的小偷李虎。心中立刻闪出各种想法……但见李虎飞快向山上逃犯追去时，张龙也毫不迟疑地从侧面向相同的方向追去。前面的逃犯飞快地向山上跑着，张龙和李虎在后面紧追。张龙根据逃犯奔跑的速度判断，这可能就是通缉令上所说的较年轻一个。此人年轻力壮、曾在武警部队经过训练，有一定的功夫。张龙李虎在后面快速追赶着，嫌犯边逃跑还不时回头看看距离。由于慌不择路，加上不熟悉当地地形，越跑前面树木越少，很快就进入只有杂草没有树木的光头山。嫌犯心里开始发慌，速度也慢了下来。很快就到山顶了，这里有块几间房大的光石头，当地人把它叫转转石，四面望去全是光秃秃的。大概也是跑累了，嫌犯依托石头、掏出抢来的枪支，准备顽抗。张龙见此情景，急忙给李虎打手势，让他从侧面迂回，以形成二面夹击之势。张龙从正面进攻，挑选有利地形，跳跃式前进。快接近嫌犯时，张龙展开攻心战，大声对嫌犯说："你已经被包围，赶快交械投降，争取宽大处理！"嫌犯也不答话，四面张望后瞄着声音传来的方向。张龙喊话之后未见对方动静，又向前推进了一段。大概离转转石三四米的时候，嫌犯已清楚地看见了张龙。他歇斯底里地吼了一声："不许再前进，不然我就开枪了！"张龙立即卧倒同时拔出了配枪，准备迎击。张龙仍躲闪着向前跃进，这时只听啪的一声，嫌犯向张开了一枪，张龙一跳，子弹从耳边"嗖"的一声飞过去了，这时李虎也快接近嫌犯。他听见枪响，大喊一声，"放下武器，交械投降！"嫌犯被侧面追上来的李虎吓了一跳，转身准备向李虎开枪。说明迟那时快，张龙趁嫌犯分神之际几个箭步窜了上去。嫌犯慌乱中又向张龙开了一枪。这枪击中了张龙左腿，他歪了一下，但没有倒下，继续向罪犯扑去，同时还击了一枪。这时李虎已接近嫌犯，挥拳击去，打在嫌犯的右肩。嫌犯持枪的右手一抖，连发几枪，幸好没有击中张、李二人。这时张已扑到嫌犯面前，挥动枪托砸向其头部。嫌犯头部一偏，左肩被击中了。他顺势又向张龙开了一枪，这一枪打在张龙左肩上。张龙晃了一下，继续向嫌犯进攻。这时三人成胶着状态，已无法用枪。嫌犯顺手抽出插在左裤腿内的匕首，挥舞着向张、李二人乱砍乱刺！李虎趁势抓住了嫌犯一条腿，挥拳一击落空，嫌犯翻转式一个跤绊腿，击脱了李虎的手，顺势一刀刺中张龙的右脸，鲜血顺着脸涌了出来。张龙顽强忍着三处受伤的剧痛趁势抓住了嫌犯挥刀的左手,右手抓住带血的匕首。李虎赶紧帮忙，将嫌犯双手反剪背后，张龙将其拷牢。这时后面增援的警察和民兵也跟了上来，押走了罪犯。张龙因三处负伤，加之搏斗时流血过多，一时昏迷过去。副总指挥让救援人员简单作止血处理后，迅速撤下山去，救护车将张龙紧急送往镇医院进行救治。另一名逃往山下的嫌犯，也在警民的合力围捕下，束手就擒。整个围捕行动，经过一夜的蹲守和三个小时的战斗，胜利结束。

经镇医院诊断，张龙左小腿的子弹已穿过肌肉飞出体外；右面部刀伤需要缝合消炎；致命的左肩一枪，离心房只有一厘米，子弹在肩胛骨内，需要手术。指挥部要求镇医院作初步治疗后，立即转到县医院进行手术。

张龙转到了县医院。经会诊后制定了手术方案，确定第二天作取弹手术。局里派出了一名警察，镇上派出了党政办主任李倩，轮流配合护士护理。手术这天医院外科手术权威亲自主刀，院长现场坐镇，手术很顺利，但麻醉剂还是使他足足睡了几个小时。醒来时，正好李倩守护在病床前。当李倩轻声问他："醒来了，感觉咋样"时，张龙定眼看了李倩一眼，突然想起第一次见面觉得她面熟原因。原来她和李虎长得很像，于是他产生了很多联想，心痒痒地想问李倩，但又觉得不是时候，话到嘴边又咽了回去。由于麻药作用已过，伤口有些疼痛，不自觉地用手去摸了一下，李倩赶紧帮他盖好被子，问他是否疼痛。张龙笑着说："不要紧。"

疗伤期间，李倩对张龙的照顾十分精心，每次值班总是提前到推迟走，连局里值班的警官也觉得有点怪怪的。李倩自己也有一种莫名其妙的感觉。一离开医院心里就空捞捞的，在医院时总是精力充沛心情舒畅。与张龙的接触时间虽然不长，过去交往也仅仅是工作关系。这段时间李倩觉得张龙这个关中小伙子很有思想，非常敬业，机警果敢，十分敬佩和珍惜"人民警察"这个职业和称号。尤其在追逃战斗中表现出来的机智、勇敢、不怕牺牲精神，让人肃然起敬。虽然自己所认识和了解的警察中有不少这样的优秀人才，但对张龙却有着一种别样的感觉！交谈中张龙也证实了自己的判断。原来李虎就是李倩的亲哥哥。由于父亲是独生子，到这一辈也只有一儿一女，李虎出生后爷爷、奶奶和父母都很娇惯，从小养成掘犟任性的性格。虽然学习成绩不错，但高考以一分之差落榜。他的虚荣心受到很大刺激，情绪一蹶不振。通过多次做工作，他才到县高中去补习，这却成为他人生很大的拐点。由于校外租住，缺乏家长和学校管理，给他课后留下很大的自由空间，加之自制能力较差，很快迷上了网吧。据同学反映，有时甚至夜不归宿，在网吧认识了几个小混混，跟他们练起了拳脚和偷盗"手艺"。从补习班的第二学期开始经常旷课，不听老师的管理。父母多次电话督促他好好学习，但测验成绩总不理想。为此，父亲还专门到学校和他长谈了一次。他的回答出人意料。他告诉父亲，自己想好了，高考只是就业的一个渠道，而且也不保险。很多大学生、研究生不是也找不到理想的工作吗？现在就业的渠道多，不想去挤这座"独木桥"。以后自己会找一份工作，不靠父母养活等等。父亲再怎么劝他好好学习，他仍然坚持自己的观点。万般无奈，只好把情况与学校老师交流后，返回家中。老师还专门找李虎谈了几次，并让与他要好的同学劝说依然无果。之后李虎干脆不到学校去了，退掉了租住的房子，对他同学说自己找到了一份工作，不再上学了。几个月里他偶尔给家里打个电话，让父母不用操心，隔段时间还给家里寄点钱去，说是工资的节余。父母心想，只要有份正当工作，能自食其力，也算孩子有了出息。时隔一年之后，就出现了张龙报到时在安吉车站抓住李虎的那一幕。由于李虎年龄小，没有重大犯罪事实，认罪态度很好，被劳教一年后回到了家乡。正赶上张龙和警民们追捕逃犯的战斗，正义感驱使他自觉地配合张龙制服了一名穷凶极恶的罪犯……

　　这一切张龙、李倩都觉得似乎那么具有戏剧性，又那么实实在在、合情合理。时间过得很快，在医院悉心治疗下，经过李倩、警官和护士的精心护理，再过一个星期张龙就要出院了。这期间李倩对张龙无微不至的关心照料，使张龙感到了除开母亲之外的又一个女性带给自己的温馨。李倩的热情开朗、落落大方、细心体贴，在张龙心里打下了深深的印记。每逢李倩值班时他总不时看表，希望她早点来到自己身边；快下班时又总盼望时钟走慢一点，能和李倩多待一会儿。出院的前一天晚上，张龙正坐在病床上望着房门发呆。李倩虽然不再值班了，但她还是按时来到了医院。当她推开房门目光投向张龙时，张龙正面带微笑注视着她，四目对视，两颗年轻的心咚咚直跳，浑身像触电一样，热血沸腾。张龙站起来，张开双臂快步走向门口，李倩顺手关上房门迎面投入张龙的怀抱。二人紧紧相拥，呼吸急促地热吻起来，足足有十多分钟……心情逐渐平静后，二人牵着手坐在病床上。互相从头到脚打量着对方，好像从不相识。很久才发出轻轻的笑声。思绪一敞开，似乎有说不完的话……直到护士催促熄灯休息时，李倩才依依不舍地离开病房。

第二天，张龙出院了。局里举行了隆重的表彰仪式。原来在张龙住院期间，县局对两名犯罪嫌疑人抓紧进行了审问，证实了就是公安部通缉的两名逃犯。根据警察和民兵在抓捕战斗中的表现，报请上级公安机关批准，决定给张龙记二等功，其余参战人员也分别论功行赏，连李虎也受到嘉奖。会后，李倩电话请张龙到她家作客，说要给他庆功。张龙欣然应允，并按时赴约。

李倩的家离集镇不远，是一座典型的农家小院，三间两层，徽派建筑。院内四周栽满各种花草。有紫薇、中华云母，还有朱顶红、刺玫瑰等。尤其是各种颜色的秋菊，开得繁花似锦，满院幽香。这和门前房后的青山绿水相映成辉，正是"门外青山横画卷，院中红花缀珍珠"。还有两盆摆在门前的罗汉竹，正气高雅，刚直挺拔，象征着主人的家风气节。

张龙来到李倩家，受到热情款待。李倩的父母听说张龙要来，第一天下午就开始准备，又是买肉又是杀鸡。早饭过后就把鸡汤炖了。凉菜、炒菜、荤素搭配，准备了十几道。茶饮三遍之后，菜就上桌了。李倩让父亲打电话把李虎叫回来陪张龙。原来李虎劳教回家后，镇村两级为了帮教他进一步走上正道，专门为他联系到一家茶饮企业找了一份协助茶叶加工和销售的工作，这段时间干得正起劲。接电话后，他向经理请过假，骑摩托车很快就赶回来了。张龙见他进门后，起身准备和他握手。李虎伸出拳头向张龙击去，幸亏张龙侧身闪过，差点打在还没彻底恢复的左肩。接着李虎又是一拳，张龙右手捏住了他的拳头用劲一扭，李虎痛得转过身去。这时李倩从厨房出来，见到这一幕大声喊道："哥，你疯了啊！"李虎笑着说："你别管，我们闹着玩的。"张龙松开手说："还记仇啊！"李虎说："记啥仇啊，我说过要和你单挑的。"张龙说："那今天算不算？"李虎说："今天我让着你，因为你伤才好些，把你打坏了，我会落下乘人之危的骂名。等你伤彻底痊愈，我们再比试比试！"张龙说："一言为定，到时间你别躲着。"李虎笑着说："咱们拉钩。"两人说着用小指头拉了钩，李虎还念念有词地说："拉钩上吊，一百年不动摇！"

戏闹一阵之后，正式开饭了。席间，李虎不断地劝张龙喝酒。张龙因伤还未彻底痊愈，故而饮酒不多。李倩的父母不停地给张龙夹菜，并仔细打量了一番这位关中小伙子。虽然大伤初愈，身体仍显得十分强壮。一米七几的个头，很匀称。端正的五官中，一双大眼睛忽闪忽闪地，非常有神，眉宇间透出机敏和睿智。浓厚的关中口音一点也没有改变。在全家人的盛情款待下，这个让犯罪分子心惊胆战的公安战士，多少有些拘谨。不时用目光向李倩求援。李倩只是微笑着望着他，偶尔说一句"你多吃点，别客气，都是自家人。"酒过三巡之后，张龙给二位老人敬了一杯酒，又和李虎碰了杯。由于二位老人都护着张龙，李虎见他没喝多少酒，也不便强劝。只是心有不甘地嘟哝了一句"今天放你一马，等你全好了我们好好告告酒量！"张龙向他点头笑了笑。

酒席结束时，天色擦黑。张龙告别二老和李虎准备回派出所。李倩也到单位，二人一同向镇政府走去。路上李倩羞答答地告诉张龙，父母对他很满意，希望咱们继续交往增进了解。张龙非常感激二老的一片盛情和李倩的良苦用心。觉得二人相识是前世有缘，十分乐意与李倩交往并希望李倩多帮助他。二人边走边谈，十分投机。快到镇政府了，他们又在小河边的石磴上坐着，观赏着天上皎洁的月光，听着潺潺流水，清凉的夜风轻拂着大地。一切是那么美好、那么惬意！在这没有一点外界干扰的二人世界里，恍惚是仙境一般。两人紧紧依偎着，时而窃窃私语，时而爽朗大笑，两人无拘无束地谈了很久很久……

时光飞逝，转眼间张龙到永安派出所快两年了。这期间，他进步很快。对工作积极主动，对群众热情诚恳。尤其是在处理当地矿山群体纠纷事件中，面对一百多人民群众的不解和质问，表现了一个人民警察在突发事件面前的沉着冷静和对人民群众的信任。以较高的政策法律水平，感人的说服力，与群众面对面对话四个多小时，稳定了大家的情绪，与矿山开发商达成了双方满意的协议。成功化解了这次群体事件，为矿山开发商和当地群众上了一堂生动的普法课。既维护了百姓的利益，又使矿山开发得以顺利进行。张龙强烈的工作责任感，在实践中得到充分体现；他的工作能力在复杂的工作过程中得到锻炼和展示；取得的工作成效得到组织和群众的认可。这年底，张龙被破格提拔为副所长。

在调往新工作岗位任职前，张龙再次到李倩家向二老和李虎告别，并正式向李倩求婚。在告别席上，当张龙提出这一请求时，李倩羞涩地偏着头望着父母。二老明白李倩的心思，爽快地应允下来。这时李虎闻讯回来，正赶上这一幕。他大声冲张龙说："不行，今天不比出个酒量来，你别想打我妹妹的主意！"张龙笑着对他说："好，你说咋喝！"李虎拿来两个大玻璃杯，满满盛上酒说："先干了这一杯，然后你再逐个敬酒。"张龙一看这杯酒，没有半斤也有四两。于是端起酒杯对二位老人说："二老别见怪，我先和李虎喝了这杯酒，然后再敬你们。"二老点头微笑，表示同意，张龙与李虎碰杯后说"先干为敬。"不紧不慢把酒喝了下去。李虎也高兴地说："好，我喝了。"也一口干了。之后张龙按当地的风俗，用小杯先给老人分别敬了双杯，又敬了李虎两杯。轮到李倩时，她轻轻地说："咱俩别喝了，当心喝醉。"李虎一听说道："妹妹，别早不早就向着他，这两杯酒非喝不可！"张龙笑着说："没事，我先喝了。"在喝第二杯时，李倩又说："来我给你代一杯。"李虎把手摇得跟铃铛似的说："不行不行，再说每人罚两杯。"李倩无奈，只得让张龙自己喝了。李虎见张龙还没有醉意，又要再和张龙碰6杯，还说："六六大顺。"张龙说："你到底还能喝多少，咱们来干脆地，再碰8杯。要得发不离8嘛！"李虎见张龙还不服软，也硬着头皮说："喝就喝！"当碰到第三杯时，李虎说话开始打啰啰了。这时张龙说："算了，咱们下次再喝吧。"李虎还要逞强。他父亲发话了，"自己喝不过还呈啥强！下次办喜事好好喝。"李虎见状，只好顺坡下驴："好，听老爸的，办喜事时咱们不醉不休！"张龙笑着说："一言为定。"话音刚落，李虎趴在桌上打呼噜了。张龙扶他上床睡了后，来到席间向二老和李倩告别。李倩在送张龙回单位的路上，二人商定，待张龙到新单位熟悉工作后，双方各自做好父母和家人的工作，再择日结婚。

　　第二天，张龙到新工作岗位上班了。半年后春暖花开的季节，他和李倩走进了婚姻的殿堂。一对新婚夫妇度过蜜月后，在各自的工作岗位上努力工作。并以特有的方式，要求双方互为动力，比翼双飞，在明年秋季获得事业、家庭双丰收。

　　在二人新婚大喜的那天，李虎真的喝醉了。嘴里还念叨着"咱这妹夫真的不错。"

浪子回头

　　木牛的"女娲茶业商贸总公司"开业了！总公司门前鞭炮、冲天炮、礼花炮放了足足 2 个多小时。两行花篮摆放了几十米长。前来恭贺的单位和亲朋好友络绎不绝。停车场车辆摆放不下，只好停在门前的公路两旁。为此，还专门给交警打了招呼。公司宾馆宴会厅对外停业，专门招待了两天来宾。那气派真是热闹非凡。

　　别看今天木牛无限风光，成了远近的名人，但知道他的都会跷起大拇指说真是浪子回头是个宝！十几年前的木牛，那可是在派出所挂了号的。当时木牛二十出头，性格暴躁、古怪。由于没有正当职业，和一群年龄相仿，意气相投的年轻人混迹街头。没有钱用了，就向亲戚、朋友借。但由于只借不还，钱也借不到了，没钱买烟了就到街上小店铺里拿，从不给钱，吓得店铺老板一见他就躲；没有饭吃了就到他母亲杨秀开的小饭馆聚餐，开始杨秀说他，每次都要吵一架。吵归吵，还得忍气吞声给他们做饭。后来干脆不说了。有一次木牛因为和别人打架，致人轻伤，被派出所抓住。调查取证时，他一点也不配合。民警对他说，你再不改我们就劳教你。"随便"！木牛说。幸好他继父李明托人作保，才只拘留 15 天。没有办法，李明和杨秀贷款给木牛买了个面包车跑客运。头两个月，也许是新鲜，还算好，自己把养路费和贷款利息等费用按月交了。但自从认识了江娟，木牛全然变了一个人。

江娟长得眉目清秀，五官端正，修长身材，特别是脸上的一对酒窝和言语中的咯咯笑声，着实有些迷人。她原本是金州一家饭店的服务员。一次木牛开了大半天车，肚子有些饿了，就到那家饭店就餐。江娟送上木牛要的饭菜和啤酒。木牛邀请她陪他喝一杯，江娟说上班时间不能陪客人喝酒，以后有机会再说。后来木牛不时到这家饭店吃饭。一来二往互相熟了，交谈中知道江娟原来是木牛的同乡。一次天快黑了，木牛开车急匆匆地往回赶。江娟在饭店门口招呼示意要搭车回家，木牛带上了她，并一直把她送到家门口。江娟下车时邀请木牛明天到她家作客，木牛爽快地答应了。第二天木牛早早收车来到江娟家。江娟和她姐早就做好饭菜并约了几个朋友在家等着。木牛一上席，几个朋友和江娟姐妹俩就轮番陪他喝酒。木牛本身有点酒量，但经不住他们的车轮战术，头有些晕，说不能再喝了。但几个朋友坚决不干。还是江娟说话，才撤了席。有人提出打几牌，木牛也是酒劲冲的，上桌搓起了麻将。江娟坐在木牛的对面，粉红粉红的脸上总是面带笑容，眼睛直勾勾地望着木牛。木牛每次和牌，江娟总是尖叫着为他鼓掌。木牛越打兴头越高，大有鏖战通宵的意思。江娟一次趁弯腰到桌下捡牌，把木牛的脚捏了一把。木牛开始一怔，但很快似乎明白了什么。立刻说，不打了，我还要开车进城。有人坚持还要打，江娟说明天再玩吧。牌场散了，朋友们分别离去，木牛要开车走，江娟留住了他，说他酒喝多了，害怕路上出事。让他在家里客房住下明天再回。木牛夜里在客房里正脱衣服准备睡觉，江娟端着一碗热乎乎的姜糖茶走来。木牛抬头接茶时，江娟胸前微微颤动高高突起的两个乳房，格外惹眼。木牛接茶的一瞬间，拉住了江娟的手。江娟笑眯眯地说，快把姜茶喝了吧，木牛接过茶喝了两口，双手紧紧抱住了江娟。江娟说轻点，我姐还在隔壁呢。说着把热乎乎红晕的脸贴在木牛的脸上。木牛浑身的血像干柴浇上汽油一样燃烧起来，再也按捺不住曾在书上电视上看到过自己曾无数次想往过的那种欲望。两个人全身颤抖着紧紧抱在一起，床铺"嘎吱""嘎吱"着实响了一阵。那种快乐，木牛从来没有感受过。一觉醒来，江娟一只手还搭在木牛身上。想起昨晚的事，木牛的心又咚咚跳了起来，他一翻身抱住江娟回了个炉，又是一翻亲热过后，木牛喘着粗气，浑身酥软了。但江娟仍紧紧搂住木牛，用颤抖的声音娇滇地对木牛说，你好坏哟，点点大个子，还有这样的功夫。木牛也打起精神回答，矮个人才是人精呢。

从此以后，木牛离不开江娟，江娟也辞去了饭店的工作，跟木牛一起跑起车来。他们同居了，很长时间也不回家。出车挣的钱，再也不交贷款利息和各种费用了。几次征稽所把车扣了，都是李明交款取回来的，木牛提出要和江娟结婚，杨秀和李明觉得江娟不是过日子的人，没有同意。木牛一气之下，再也不回家了。一次杨秀在大街上拦住木牛的车，叫他回家，木牛推开杨秀，开着车带着江娟一溜烟跑了，大年三十也没回来。

一天，木牛突然回家了。杨秀见他回来，特别高兴，马上炒了几个好菜，一家人围在一起吃了一顿很久没有的团圆饭。李明还和木牛喝了几杯酒。饭后木牛又提出要两万块钱。杨秀一听心中的火不打一处来，大声吼道："你贷款买的车一分钱没还，还要我们给你交各种费用，家里开个小饭馆，哪有钱给你。"木牛一听也火了，"不给钱我就把车开到茅娅子翻下岩算了，我也不活了！"说完气冲冲地把车开走了。李明怎么拦也没拦住。下午医院打来电话，说木牛翻车摔断了锁骨和一支膀子。毕竟是自己的骨肉，杨秀急忙和李明赶到医院，交了住院费给他治疗。住院期间江娟在医院照顾木牛，但既不给一分钱，也不帮杨秀做点家务。杨秀每天要买菜做饭、送饭，还要帮李明照顾餐馆，确实累得够呛。有一天打电话让江娟回家拿饭，江娟只说了一句"没时间"。就把电话挂了。杨秀把饭送到病房见江娟悠闲得若无其事的样子，心里积压了许久的怨气，苦恼一下子爆发了。指着江娟骂道："就是你这个小妖精把木牛缠坏了！"一句话刚说完，江娟一把抓住杨秀的衣领，指着杨秀的鼻子喊道"再骂我打你个老妈子，信不信！"杨秀一边挣扎一边不示弱的吼道"你敢"！语音刚落就挨了一巴掌。二人撕抓起来。木牛拖着伤体，一只手拦也拦不住。拉着江娟一边喊道江娟你再不放手，小心！在医护人员劝阻下双方才松开手。杨秀冲回餐馆拿了一把菜刀赶到医院，江娟早把门反锁了，怎么叫也不开。医护人员把杨秀劝走了，江娟趁机搭摩托车离开了医院，从此再见不到江娟的人影。木牛在他母亲的照顾下，养好了伤。杨秀、李明心想这下该要改邪归正，好好开车挣钱了。事如愿违。没过几天，木牛只给他们说了声"我出外打工去"就走了。连车子丢在交警大队院子里，也没告诉家里。人走了，虽然不知道在哪里，但家里总算安宁了几天。好景不长，一天杨秀接到一个从武汉打来的电话，说她儿子木牛病得厉害要做手术，需要3万块钱。杨秀李明东扯西拉赊借佐挪凑了三万元，正打算按地址邮过去。突然感到事情有些不对。于是他们找到刑警队的李队长，请他参谋参谋。李队长了解情况后让他们不忙寄钱，先按地址回个电话，就说准备派人过去送钱。对方接到电话后，没说几句就挂了。又过一年多，始终没有木牛的消息，杨秀夫妻二人正着急四处托人打听木牛的下落。一天木牛衣衫褴褛，一脸憔悴地出现在他们的面前，几乎让他们认不出来这就是自己只有二十几岁的儿子。杨秀急忙找了一套衣服，让他洗澡后换上，并带他上街理了个发。晚上李明单独和木牛睡在一张床上。经过许多事情后，李明觉得以前教育儿子的方法需要改变。因此，他动之以情，晓之以理，慢慢和木牛谈家常，了解木牛离家后的经历，很快木牛泣不成声地诉说了自己离家后的磨难。木牛出走后，首先到了武汉，没找到工作。然后继续乘车南下，先后到过南京、上海、苏州等地。在去南通的路上，他碰到一个人，说能帮他找到搞营销的工作。木牛病驾乱投医，没假思索地跟他去了。到了一个县城，这个人把他介绍到一个营销公司。许多和木牛差不多的年轻男女，被关在一个工厂的大院子里。大门有专人把守，不能离开住地。白天睡觉，晚上有所谓的专家给他们上课，辅导营销策略。听了几堂课后，不少人觉得不像正规的商业营销，倒像是电视里看到的"传销"。于是几个人相约准备偷偷逃跑。几次尝试非但没有成功，抓回来后还要关禁闭、挨打。木牛虽然牛，但脑子还算聪明。一天晚上起夜，见一辆卡车正往外面开，于是急中生智爬到车箱下面，离开了这个让人毛骨悚然的地方。一路上靠混车、讨饭好不容易到了安康。客车司机见他可怜，才一直把他送到家门口，杨秀付了车费才离去。李明听到这些也是泪流满面。其实杨秀并没睡觉，在门外听到这些，进门扑到木牛面前，母子俩抱头痛哭！这一夜，他们还谈了许多……直到天亮了，都没有一丝睡意。

　　经历了这些，木牛成熟了许多。在家帮助父母料理小餐馆，开始谋划今后的活路。一天听说纸房沟有一农家乐要转让。李明和杨秀用自己的积蓄抵押，贷款把它盘了下来。杨秀亲自出面说亲，使木牛娶了晓翠。别看晓翠个子不高，身材瘦弱，但她头脑灵活，性格温柔，又在广东一家饭庄学过烹饪，搞过管理，积累了一些经验。于是小夫妻俩独自开始经营"女娲食府"由于他们的农家乐、地方特色鲜明，饭菜可口，价格实惠，深受南来北往客人的欢迎，生意一直红火。几年下来，他们的经营规模不断扩大，形成了餐饮住宿、休闲娱乐一条龙服务，营业收入不断上升。有钱了，木牛的赌博恶习又复活了。这年春节，他和晓翠到朋友家作客。酒醉饭饱之后，有人提出打几牌，木牛欣然入座，开始搓麻。按说有钱有底气，又有过去打麻将炸金花的技巧，应该有手气。但这次木牛失算了。总是停牌不开胡。还尽放炮。每次掏钱，晓翠总是爽快地把钱交给他，木牛望着晓翠面带笑容的脸，心想下一把一定要争气！十几圈下来，晓翠带的两万块钱输光了！

　　木牛起身说对不起，没钱了。夫妻俩回到家中，晓翠仍然一如既往，尽到自己照顾丈夫的责任。端茶倒水，有说有笑。看到妻子所做的这一切，木牛想到自己和妻子辛辛苦苦挣来的血汗钱转眼间被自己输掉了！心里百感交集！再也忍耐不住，拿起一把刀子，要剁掉自己一根手指，发誓再不沾赌。晓翠急忙抱住木牛抢下刀子，耐心开导劝说丈夫。从此木牛戒掉了赌博恶习。再好的朋友、场合，他宁愿叫晓翠玩几把，自己也不沾手。一心一意扑在经营上。几年下来，木牛还清了贷款，有了积蓄，木牛又把目光投向了县上号召发展的主导产业——茶饮业。他利用县上的优惠政策，一举承包了1000亩高产茶园，购买了厂房设备，开始了女娲系列优质茶叶的种植、加工、销售。并且把它与自己的餐饮业有机结合起来。他经营的农家乐、饭庄、旅馆、休闲娱乐场所，有"女娲茶"茶艺表演，有茶叶销售服务。茶叶种植基地有来客自己采茶、制茶、品茶服务项目。经过十几年的打拼，不惑之年的木牛，整合了多家茶饮产业公司，组建了"女娲茶业商贸总公司"，在全国十多个城市设立了销售网点。女娲系列茶成了"皇帝的女儿不愁嫁"，总是供不应求。木牛成了县上茶饮业的龙头老大。成了县市先进人物，而且还是省级劳模。说起推荐他为省劳模，作为一个曾有劣迹的年轻人能不能当省劳模，在各界人士中还引起了一番争论。还是书记、县长一番有气度有说服力的引导、解释，才统一了思想。出名了、有钱了，他没有居功自傲，没有为福不仁，而是乐善好施，哪里有灾难，总是慷慨解囊。汶川地震，他一次就捐款 20 万元。

　　如今他经常出入各种茶叶展销会，经验交流会，商贸洽谈会；在他的种植基地、加工厂房、酒楼、饭庄，时常看到他忙碌的身影。无论在什么场合，木牛总是西装革履，文质彬彬，笑容可掬。初次谋面，很难把他与一个街头混混联系在一起。

　　这真是：

　　千锤百炼始成金，浪子回头是个宝。
　　广阔天地展宏图，再造辉煌步步高。

后 记

《金秋抒怀》一书，是王向东先生集选历年来的所创佳作，经过为期两年的编撰，数易其稿，才得以出版，满足了广大读者的阅读夙愿。

首先，王向东先生强调了作品的真实性与朴素性，他认为文学应该反映生活的真实面貌，同时也应该具有朴素的美感。这种态度，既体现在他的文学创作中，也反映在他的人生态度上。他通过对往昔岁月的回忆和思考，阐述了他对生活的情感与体验；对八仙地域文化的探究和传播，表达了他对家乡的热爱与眷念；对传统诗词楹联的创作，反映了他对优秀传统文化的继承和正能量的传播。这些作品饱含着浓烈的人文情怀，做到了抒情、叙事和思辨融为一体，优美和谐，朴实感人。正如王向东先生所言，只要恪守内心的信念，保持对生活的热爱，就是每天为了自己的梦想而奋斗，就是把握住每一刻的美好，就是用热情去拥抱每一个未知的挑战，就一定能够收获人生的曼妙风景。

总的来说，《金秋抒怀》是王向东先生以丰厚的学识，谦逊的胸襟，对文学与生活的一次深度创作与高度展望。这些作品不仅具有文学价值，也具有相当的社会价值，为读者提供了宝贵的精神食粮，这是非常可贵的。

编 者

2024 年 3 月 18 日